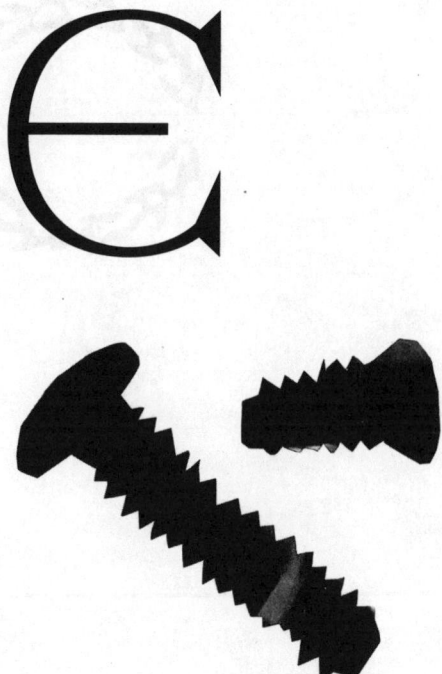

TRADUÇÃO
ANDRÉIA
MANFRIN
ALVES

ANTES QUE EU ESQUEÇA

ANNE PAULY

ERCOLANO

TÍTULO ORIGINAL *Avant que j'oublie*
© Éditions Verdier, 2019
Esta publicação segue as normas do Acordo Ortográfico da Língua Portuguesa, Decreto nº 6.583, de 29 de setembro de 2008.

TRADUÇÃO
Andréia Manfrin Alves

EDIÇÃO
Mariana Delfini
Régis Mikail

PREPARAÇÃO
Gabriela Marques Rocha

REVISÃO
Bárbara Waida

DESIGN
Tereza Bettinardi

PRODUÇÃO GRÁFICA
Lilia Góes

Na p. 72, o poema citado foi publicado em: Jacques Prévert, *Poemas*. Trad. de Silviano Santiago. Rio de Janeiro, Nova Fronteira, 1985.

Todos os direitos reservados à Ercolano Editora Ltda.
© 2025.
A reprodução não autorizada desta publicação, no todo ou em parte, e em quaisquer meios impressos ou digitais, constitui violação de direitos autorais (Lei nº 9.610/98).

DIREÇÃO GERAL E EDITORIAL
Régis Mikail
Roberto Borges

DIREÇÃO DE COMUNICAÇÃO E MARKETING
Roberto Borges

COORDENAÇÃO EDITORIAL
Mariana Delfini

COORDENAÇÃO DE DESIGN
Tereza Bettinardi

COORDENAÇÃO COMERCIAL E DE EVENTOS
Mari Abreu

ASSISTÊNCIA ADMINISTRATIVA
Láiany Oliveira

ASSISTÊNCIA EDITORIAL E DE COMUNICAÇÃO
Victória Pimentel

PROJETO GRÁFICO
Estúdio Margem

REDES SOCIAIS
VICA Comunicação

DESIGN DE COMUNICAÇÃO
Chris Costa

MÍDIA
Contextual Links

ASSESSORIA DE IMPRENSA
Kulturális

CONSULTORIA FINANCEIRA
Daniela Senador

SITE
Agência Dígiti

AGRADECIMENTOS
Mathilde Azzopardi, Stéphane Tissot.

Cet ouvrage, publié dans le cadre des Programmes d'Aide à la Publication de l'Institut Français et de celui de l'Ambassade de France au Brésil, a bénéficié du soutien de l'Institut Français et du Ministère de l'Europe et des Affaires Étrangères.

Este livro, publicado no âmbito dos Programas de Apoio à Publicação do Institut Français e daquele da Embaixada da França no Brasil, contou com o apoio do Institut Français e do Ministério francês da Europa e das Relações Exteriores.

Na noite em que meu pai morreu, estávamos meu irmão e eu no carro, porque já estava escuro, eram quase onze horas da noite e, passado o choque, depois de tomar o chá amargo que a enfermeira preparou e engolir a contragosto os torrões de açúcar que ela nos oferecia para *aguentarmos o tranco*, não havia mais nada a fazer a não ser ir para casa. No fim, com ou sem açúcar, a gente até que aguentou bem, muito bem, aliás, é bizarro ver como a gente aguentou bem, eu não acreditaria se alguém tivesse me contado. A gente tinha arrumado os armários, guardado a prótese da perna, o colete bege, colocado as camisetas e cuecas em duas grandes sacolas do mercado Leclerc, dobrado a manta verde manchada de sopa e de sangue, enfiado na caixa de remédios — uma lata de açúcar decorada com bonequinhos bretões vestindo roupas tradicionais — o crucifixo de bolso amarrado com uma fita a uma medalha da Virgem, a um terço tibetano e a um budinha de marfim.

A gente tinha tirado da mesa de cabeceira sachezinhos de mostarda, uma geleia de damasco, um pacote de bolacha BN, *é melhor nem começar a comer*, uma pinça de plástico de tirar sobrancelha, um cardápio da semana onde ele tinha tentado anotar alguma coisa, palavras-cruzadas nível difícil, a pequena Bíblia dele, uma coleção de haicais, o livro sobre Gandhi, o estojo de óculos de courino vinho carcomido, três lapiseiras, sendo uma já bem velha, uma borracha, oito elásticos coloridos, um par de óculos remendados, dois tubos de Aerolin, um rolo de papel-toalha, a carteira dele e a folha quadriculada em que ele anotava a contabilidade do hospital (televisão, quarto, dezoito euros, setenta euros, telefone doze euros, Anne caixa eletrônico sessenta euros). No armário do banheiro eu tinha guardado na nécessaire verde-escura dele, com movimentos precisos, o barbeador elétrico cheio de restos de barba, a lâmina Bic e o creme de barbear, o frasco de água de colônia Bien-Être de lavanda, com que ele me fazia molhar o lenço dele, a toalha felpuda e o sabonete, em cima da luva de tomar banho ainda úmida.

Meu irmão tinha aberto a cadeira de rodas, colocado em cima dela a prótese extra, as muletas, o ventiladorzinho Alpatec comprado na Darty algumas horas antes — parece que a morte, quando se aproxima, dá calor —, as sacolas do Leclerc, e depois me falou com uma doçura atípica: vou levar as coisas no carro e já subo de volta. Cara prático, esse meu irmão. Fiquei sozinha com ele, meu cadáver, meu canalha de uma perna só, meu rei misantropo, meu velho pai esqueleto, enquanto lá fora a noite caía tranquilamente. Não, enquanto lá fora, ao vivo direto do sétimo andar do hospital de Poissy — *tcharam!* —, tão magnífico, que beleuza, Creuza, as luzes da cidade e o céu alaranjado do subúrbio. Ele adorava o pôr do sol. Sempre chamava a gente para ver.

As enfermeiras tinham fechado os olhos dele, prendido o rosto com uma faixa mentoneira e vestido seu corpo com uma blusa verde-clara tipo moletom. Era triste e engraçado, ele teria dado risada da blusa verde que mal escondia o joelho. Olhei o pé arroxeado dele, putz!, coitado, aquela barbicha rala e o belo rosto pelado. Segurando sua grande mão se arrefecendo na minha, desejei do fundo do coração nunca esquecer o cheiro dele e a suavidade da sua pele seca. Pedi desculpas a ele por não ter visto que estava morrendo, dei um beijo em seu rosto e falei em voz alta, *ciao*, te amo, até mais, avisa quando chegar. Saí no corredor de linóleo neon, uma auxiliar de enfermagem passou arrastando as pantufas e meu irmão chegou. Voltamos para o quarto uma última vez, para conferir. E depois fomos embora, porque *o mar não estava mais para peixe*, como ele costumava dizer. A vida, essa pescaria.

No espelho do elevador, nossas caras de adultos fracassados. Olá, impacto da morte, tudo bem?, beijo pra você. E a mais-que-certeza, estando lado a lado, cada um com sua parcela de genes, de que erámos mesmo os filhos do defunto. Dissemos boa-noite a uma mulher grávida, sorrimos para um paciente: fomos urbanos, educados, dignos em meio à dor. Atravessamos o saguão deserto em silêncio, cruzamos a porta de vidro, chegamos ao carro — *bip bip* — e depois pegamos a estrada, também deserta. Véspera do Dia de Todos os Santos, lua clara, céu limpo, caminho quase irreal.

Quando o carro ligou, o rádio começou a tocar o disco no ponto onde tinha parado. Um CD criado especialmente por mim para o meu irmão melômano, como lembrança da nossa infância trash, mas cantante. Mais uma vez, não houve muitas palavras nem sequer olhares, só lágrimas que enxugamos com as costas da mão. As músicas se sucediam como canções de ninar. E de repente, um pouco antes de Porcheville, tocou "Eloise" do Barry Ryan, uma declaração de amor, uma súplica, uma música pomposa, vitoriosa, épica, *Eloise, you know I'm on my knees*. Uma música meio brega, usada mais tarde na série francesa *L'Amour du Risque* [Paixão pelo risco]. Ela começa com o final de uma gargalhada, esse tipo de risada que tem início depois de uma boa piada e acaba quando é preciso ficar sério de novo, depois entram os violinos, os metais e o bumbo. Era um absurdo tanta glória, ênfase e esperança irônica logo depois de tanto silêncio e de nada. Era engraçado tanta encenação e afetação depois desse momento delicado, modesto, em que a vida passa sem que a gente perceba. A piada certa, o riso frouxo. Nossos sonhos intensos, nossas esperanças na Champs-Élysées e por fim a vida ataque cardíaco, a perna de plástico e as máscaras de oxigênio. Era demais pra um dia só, então finalmente chorei. Lágrimas infantis, soluços barulhentos. Meu irmão me fez um carinho na nuca, sorrindo, e começamos a rir. Afinal, essa música era mais ou menos o retrato que a gente sempre teve dos nossos pais: amor, gritos, dramas e desespero, com trompetes e violinos ao fundo. No dia seguinte e nos outros fizemos o mesmo trajeto, de manhãzinha e no fim da tarde, para lidar com a papelada. Todas as vezes o céu estava magnífico, com nuvens de todas as cores e poentes como poucas vezes vi. Dava para perceber que ele tinha chegado.

Depois foi preciso cuidar das formalidades. Elas começaram com uma briga com meu irmão na funerária Lecreux & Filhos, em Gaillon (CEP 27600), porque ele achou os caixões caros demais. Enquanto o "Mazarin", o "Parisien", o "Richelieu", o "Sully" ou o "Turenne", alças inclusas e estrutura impermeável, *evoluíam para versões mais atuais, respeitando o meio ambiente e as famílias*, a gente cerrava os dentes. Enquanto uma certa Jacqueline M., num catálogo triste e florido, comemorava *a realização harmoniosa da cerimônia*, a gente estava na miséria. Crime organizado, uso indevido de informação privilegiada, meu senhor, eu não respeito essa sua margem de lucro doentia com seus arranjos de merda, meu irmão falou para o sr. Lecreux Filho, que, é claro, tinha calculado uma margem pra conseguir ganhar algum dinheiro, o que parecia normal, mas mesmo assim era meio grosseiro levando em conta o que tinha acabado de acontecer com a gente. No fundo eu concordava com ele sobre a obscenidade desse negócio de caixões, mas *naquele momento difícil* não valia a pena se irritar, porque na verdade a morte já tinha acontecido. Meu irmão, o atrasado, e suas revoluções desperdiçadas.

Mas, com a blusa de fleece verde-escura e a bermuda de adolescente que estava vestindo, ele continuou dando chilique e eu logo senti no ambiente o cheiro azedo da agressividade dele. Um movimento com ares familiares, um tempo fechado antes do fim do mundo. Como eu estava começando a ficar com dor de estômago, o modo sobrevivência-submissão foi acionado sozinho. Mexendo no catálogo e olhando meus pés, tentei, devagar, como uma boa menina calma concentrada flor do campo, falar para ele Jean-François, fica calmo, não vale a pena se irritar com esse senhor que está nos recebendo numa véspera de feriado. Mas Jean-François é um déspota fantasiado de guia de escalada, um macho alfa que finge ser o Peter Pan, um Átila que não tem consciência de si. Então é melhor não pressionar muito, senão ele se irrita e seu ego ferido nunca mais se recupera. Ele me lançou o famoso olhar de "sai fora" e depois um sorriso cínico tipo "Sabe quem você me lembra, né?", continuou xingando o coveiro e eu *fechei a matraca*.

Enquanto ele, com as narinas dilatadas, criticava o estofamento de cetim com um vocabulário pomposo, comecei a sentir o refluxo. Era como se estivesse vendo de novo o papai com uma faca na mão, imenso e caindo de bêbado, correr atrás da mamãe em volta da mesa berrando: Lepelleux, para de arrotar caviar e vai cuidar de limpar a casa em vez de se atirar no pescoço do padre. É incontestável: quando estava bêbado, ele tinha o dom da palavra, ainda que, na realidade, ninguém comesse caviar nem se atirasse no pescoço do padre. Pródiga e grande, minha mãe, dama patrona tardia de pantacourt jeans, de fato havia se envolvido nas atividades da paróquia, que no fundo não tinham nada a ver com ela, para fugir dos excessos de álcool, raiva e ciúmes dele. Foi aqui que essa história nos trouxe, era aqui que acabava qualquer lealdade, eu pensava com a cabeça entre as mãos. Hoje quem segurava a faca e quem arrotava caviar? Eu não queria dar uma de aristocrata nem ferir o filho sobrevivente, mas, olha, carvalho claro me parecia um pouco melhor para uma última viagem. Pinho tem cara de caixote, de churrasco, de fim de feira. Depois de ter passado a vida toda numa casa improvisada com camas apoiadas em calços de madeira, um pouco de conforto não cairia nada mal, especialmente para um morto. Além disso, com um corpo assim, precisava ser uma coisa robusta para chegar até o buraco. "Eu sei que você adoraria fazer isso", acabei falando, trêmula, diante do vendedor incrédulo, "mas não vamos colocá-lo numa caixa de papelão! Vamos comprar o 'Senanque' de 1956 euros. Temos dinheiro pra isso." Logo após esse momento de audácia, quis me encolher embaixo da mesa, aos pés daquele homem, e me esquecer de tudo.

Houve um silêncio. Jean-François não falou mais nada. Com ar descontraído, ditamos a nota de falecimento ao sr. Lecreux Filho, que estava com muita dificuldade para usar o software de texto, a tabulação, o comando de salvar, soletramos os nomes e tentamos não deixar de fora da lista ninguém que deveria ser mencionado como testemunha do naufrágio. Rubricamos documentos, assinamos um contrato. No fim, tivemos que pagar um sinal. O minotauro se endireitou na cadeira para acrescentar: Enquanto eu não puder averiguar o nível dos seus serviços, meu senhor, eu não pago um centavo. O sr. Lecreux lançou um olhar desesperado na minha direção. Peguei um cheque e demorei uma eternidade para preenchê-lo porque queria rir pensando no *nível dos serviços*. A gente se levantou, ele nos cumprimentou com um sorriso forçado e apertei a mão daquele senhorzinho da forma mais calorosa que pude. Obrigada pela disponibilidade, senhor. De nada, senhorita, perder o pai não é nada fácil.

Na saída, *din-don*, respirei uma boa dose do ar fresco e cinzento que circulava pela Rue du Général--de-Gaulle. Senti como se tivesse acabado de sair da prisão. Fomos em silêncio até o carro, eu lancei um "o que deu em você?" enquanto intuitivamente abria meu guarda-chuva mental.

Ele vomitou todas as palavras que encontrou no *Tesouro da língua francesa*: *minha jactância em julgar por antecedência a opinião dele* quanto ao funeral, meu modo de ignorar seu *desalento,* minha *tendência deplorável de querer precipitar tudo,* mas também minha conivência com o defunto, sem contar o complô que as potências internacionais planejavam contra ele. Para concluir, antes de ligar o carro, ele disse: Fique sabendo, Anne, que você nunca vai me dominar! Beijos pra família amada e pros corações valentes. Agência funerária: *check*.

Uma vez marcada a data do funeral, faltava organizar a cerimônia fúnebre. Estranhamente, eu já sabia o que fazer. Na segunda-feira seguinte, no começo da tarde, desci até a sala de jantar glacial e vazia onde meu irmão terminava a lista dos endereços para enviarmos a nota de falecimento e caminhei sem pensar na direção do presbitério de Morneville para encontrar o padre André Barraté, amigo de infância do falecido. André Barraté, filho de fazendeiro, ouvira o chamado de Deus numa manhã de setembro de 1965, na planície em que colhia batatas com o irmão. Entre duas missões em Mayotte ou na África, ele passava sistematicamente para cumprimentar meus pais. Eu o conhecia desde sempre e era reconfortante estar com ele.

 Fazia um frio de rachar e minhas bochechas entrecortadas pelas lágrimas ardiam. Enfiei-me no meu casacão e passei pelo reservatório de água, pela casa dos Bordes, vendida recentemente, e pelo último vestígio de vida antes do vazio da Grand-Rue: a farmácia Papot, salmão e verde, iluminada como uma árvore de Natal. Eu achava que tinha ido embora para longe para operar milagres e nunca mais voltar à Grand-Rue de Carrières-sous-Poissy, mas lá estava eu de novo, sentindo que no fundo nunca tinha ido embora. Isso me fez lembrar de um filme de Steve Buscemi, *O solitário Jim*: um cara foi embora da Indiana natal para tentar a vida em Nova York.

Durante dez anos, ele fez a família acreditar que tinha um su-pe-rem-pre-go na área de comunicação, quando na verdade era adestrador de cachorros de yuppies ricos. De volta por causa do irmão que está em coma, ele se apaixona pela linda enfermeira que encontra todos os dias ao lado do leito do paciente e acaba decidindo ficar para substituir o irmão à frente da empresa familiar e se tornar treinador do time de basquete. Então ele comemora por não ter sido enganado por suas ilusões e se sente perfeitamente à vontade no cafundó de onde antes tinha fugido. Angústia.

Quando cheguei na frente do presbitério da igreja Saint-Joseph, uma igreja pobre de subúrbio, rebocada de bege e com vista para um estacionamento que tinham tentado alegrar com deprimentes canteiros de grama, respirei fundo e entrei sem bater, como se entrasse na casa de uma velha tia um pouco surda. No átrio, bati numa pequena porta de vidro e André veio abrir. O velho de óculos trifocais, vestindo uma blusa de lã tricotada à mão, não me reconheceu e não entendeu de cara o meu "oi, sou a Anne, filha do Jean-Pierre Pauly, ele faleceu anteontem". Ele me convidou a entrar e me sentar, e eu obedeci. Depois ele se sentou ao meu lado, espalmou as mãos nos joelhos e disse apenas "Senhor, receba nossas orações pela morte do nosso irmão. Ele foi chamado para junto de Ti e nós Te confiamos essa alma. Que possas acolhê-lo em Teu reino". Depois se dirigiu a mim um pouco confuso: "Quem você disse que morreu?". "Meu pai, Jean-Pierre Pauly." "É? Sério? Jean-Pierre faleceu? Mas quando foi isso?" "Faz dois dias." Nos olhos dele, uma pequena criatura subiu em uma escada para acender a luz. "Ah, então você é a Anne. Eu gostava muito da sua mãe, Françoise, uma mulher muito boa, muito gentil. Que triste, pobre Jean-Pierre. E do que ele morreu?" "Ele teve uma parada cardíaca, estava com câncer." "Ah, sim, é verdade. Isso é muito triste. Eu passava para visitá-lo quando podia. Quando penso na sua mãe, que coragem... Bom. E você, Anne, está casada? Certamente já tem filhos."

Não era a primeira vez que ele me perguntava isso: visitando meus pais, Deus, certamente enganado pelas minhas camisas de cambraia e pela minha semelhança física com a santa que minha mãe era, já tinha tentado me recrutar várias vezes, porque precisava de *pessoas jovens e dinâmicas* como eu para animar a missa e *mudar a cara da Igreja*, e essa pergunta fazia parte da entrevista de emprego. Mas todas as vezes declinei educadamente argumentando que agora eu morava em Paris e vivia muito ocupada. A cegueira da velha Igreja sobre o mundo moderno e sua certeza de que uma fé inabalável ardia no coração dos seus membros batizados à sua revelia, geralmente me faziam rir, mas dessa vez me chatearam. De que modo o fato de ser casada e ter filhos daria pontos extras no balanço a ser feito na hora da morte? Por acaso esse perfil de gente tinha algum tipo de desconto no sofrimento? Por um instante, pensei em responder: "Não, padre, eu bebo demais para cuidar de crianças pequenas e minha boca é um esgoto de tanto palavrão", ou "Não, padre, vi minha mãe sofrer e ser maltratada a vida toda, então decidi, com nove anos, que não teria a mesma vida que ela", ou ainda "Não, padre, sou uma sapatão nulípara porque o patriarcado me proíbe de ter uma família com quem eu quiser". Mas, isolado no fundo de sua pequena igreja, tendo apenas seus salmos por companhia, o pobre homem não tinha nada a ver com isso e, numa circunstância como essa, destruir o patriarcado me pareceu especialmente inútil.

Na verdade, numa circunstância dessas, eu estava pouco me fodendo para o patriarcado. Sentada naquele pequeno corredor invadido pela luz dourada do fim de tarde através de uma antiga janela, eu não estava nem aí para a dominação masculina. Então só balancei a cabeça e ele disse: Vamos rezar pelo Jean-Pierre.

Sozinha diante da minha infância, anestesiada pelo sofrimento e sem nenhuma outra obrigação de representação social a não ser dar a réplica a um homem velho de memória falha, articulei com ele um *Ave Maria. Rogai por nós pecadores, agora e na hora de nossa morte.*

Depois fizemos um minuto de silêncio e, sem outra transição, fomos até o escritório dele saber onde encaixar a cerimônia na agenda já cheia da semana seguinte. Mortos aos montes, recalcitrantes que preferiram fechar as cortinas no Dia de Todos os Santos em vez de passar mais um inverno esperando diante dos documentários do canal France 5, da enfermeira e da bandeja de comida. Por um instante, achei que André também fosse para o outro lado, ele pareceu tão cansado à minha frente nas escadas. Agarrava-se ao corrimão e depois dava um impulso até o degrau seguinte soltando uns *ai, ufa*. Cerrei os dentes a cada passo — o que se faz em caso de morte de um padre? Quem deve ser contatado? —, mas no fim tudo terminou bem e chegamos no andar de cima. Atravessamos o apartamento dele e, em especial, a cozinha, que eu conhecia desde sempre, de tão central que a rotina da paróquia tinha sido na vida da minha mãe. Tudo era tão antiquado e bambo quanto o velho homem que, nesse momento, abria sobre a toalha de plástico estampada com flores beges uma agenda preta elegante de couro sintético. A semana estava quase *sold out* e chegamos num acordo sobre um encaixe na quarta-feira seguinte às três horas da tarde. Depois agendamos um outro encontro de "preparação" para dali a dois dias, à uma hora da tarde.

De volta em casa procurei textos para a cerimônia nas minhas lembranças e na biblioteca do meu pai, na seção de espiritualidade. Uma biblioteca quase unicamente constituída de obras desse tipo, decorada com budas, medalhas de santa Teresinha e colheres de chá. As opções eram muitas: *Lições dos mestres zen, Formigas sem sombra, Percurso espiritual de um iogue*, os *Apelos* de Matthieu Ricard, *Bem-aventurado Charles de Foucauld, As confissões* de Santo Agostinho, diversas vidas de São Francisco, *O cura d'Ars* e, enfim, *Palavras de despedida*, um livrinho vagamente ilustrado com colagens feias e imprecisas que comprei quando minha mãe morreu. Foi esse que abri. Ele sempre anotava na folha de rosto, com uma letrinha delicada, onde o livro tinha sido comprado ou em que ocasião ele o tinha ganhado, a data e sua assinatura. *Ganhei da Anne dia 23 de outubro de 2002, Cultura, Chambourcy*, JPP.

O primeiro texto era o poema de Auden. *Parem os relógios, calem o telefone/ Deem ao cão um osso para que não ladre mais,/ Silenciem os pianos e abafem os tambores,/ Levem o caixão antes de o sol se pôr.* Ele teria gostado do cachorro, do telefone, mas não dos pianos e tambores, e além disso essas coisas já apareciam num filme. Por mim, a gente parava os relógios, mas como o sofrimento crescia, eu me retraí e virei a página. Charles Péguy. *A morte não é nada: só passei para a sala ao lado. Eu sou eu. Você é você. O que eu era para você, ainda sou. [...] Que meu nome seja pronunciado em casa como sempre foi, sem nenhum tipo de ênfase, sem nenhum vestígio de sofrimento. A vida significa o que sempre foi.* Nah, sério demais, muito páter-famílias. Continuei. Apollinaire. *Este raminho de urze eu colhi/ O outono está morto, lembra-te/ Não nos veremos mais sobre esta terra aqui/ Do tempo do urze o odor senti/ E não te esqueças, espero-te.* Ótimo, esse combina mais. Uma coisa digna e modesta, simples, curta, fácil de ler no fim do dia num cemitério de interior. E tem o raminho de urze, a vida no jardim, o odor da terra, o sol nos galhos da nogueira, suas carícias em meu rosto, seus jeans rasgados com os bolsos furados, a emoção compartilhada em volta dos narcisos na primavera e da cor das folhas no outono; no verão, os passeios despretensiosos no poeirento pôr do sol da planície, brincando de em que mão estão as folhinhas de grama, os miseráveis buquês de papoulas de papel-alumínio que ele dava à esposa no Dia das Mães depois de ter passado a noite inteira a xingando. Sim, no fundo, era fácil pra ele. E no final, sabendo que estava muito doente, ele havia adquirido o hábito de dizer "até logo", para que não tivéssemos que pensar em prazos e no dia em que teríamos que dizer "adeus". *E não te esqueças, espero-te.*

Eu tinha uma ideia para a oração que consideram universal. Minha tia, companheira de um melômano que vivia indo em abadias e mosteiros para gravar cantos religiosos usando um estúdio móvel, passava muito tempo nas lojas dos monastérios. Assim, gravuras e cerâmicas azul-escuras, assinadas frei João ou frei Paulo, tinham pouco a pouco e discretamente colonizado nosso hábitat. Um belo dia, provavelmente desesperada com a atmosfera de guerra civil que reinava na nossa casa, ela deu de presente aos meus pais a oração de São Francisco, escrita à mão, com iluminuras e numa moldura vermelho-escura. Alguém decidiu colocá-la na entrada, para que todos pudessem contemplar, enquanto calçavam os sapatos, a magnitude da tarefa: *Onde houver ódio, que eu leve amor. Onde houver ofensa, que eu leve perdão. Onde houver discórdia, que eu leve união.* Um programa infernal para nós que éramos crianças e, para eles, um convite a uma trégua que nunca aconteceu de fato.

Até que a morte os separe. Foi ela quem desistiu primeiro, de exaustão. Essa oração seria um tributo à batalha que eles travaram sem descanso. André concordaria, e meu irmão também, eu sabia. Eu estava até planejando fazê-lo ler o texto diante do público.

Olhei mais um pouco a biblioteca, assim, como quem não quer nada. Reencontrei e reabri um livro de Lao Tzu, o *Tao-te ching*, que me fascinava quando eu era criança. Na época, eu não entendia nadinha daqueles parágrafos opacos, mas o volume me atraía, ele parecia um lugar onde encontrar respostas. Então eu copiava as frases sem nenhum outro objetivo além de ser parabenizada por minha curiosidade e dedicação. Uma estratégia para me aproximar dele. Para dizer a ele que "Apesar de tudo, sabe, também estou do seu lado". Muitas vezes, enquanto eu estava copiando, com os dedos apertados em volta de uma caneta de quatro cores, sentada numa mesinha comprada especialmente para mim, ele estava na escrivaninha dele, e não acho que estivesse fazendo nada de especial. Talvez lustrasse seus eternos bibelôs, o crucifixo, ou talvez testasse as canetas-tinteiro repetindo compulsivamente sua assinatura em grandes folhas de rascunho cor-de-rosa. Era uma ampla escrivaninha de madeira, um pouco pretensiosa, com um mapa antigo sob um tampo de vidro. Uma escrivaninha grande cheia de gavetas, algumas delas com um fundo duplo em que, nos momentos mais difíceis, ele enterrava suas garrafas vazias.

Essa escrivaninha e esses livros que ele folheava sem realmente ler, sobre o tao, o Japão, Montaigne e os poemas de François Villon, eram, acho, seu sonho de conhecimento, sua encenação para se vingar de uma infância de miséria e do desprezo social que ele tinha sofrido durante toda a juventude. Pobre, mas com a cabeça no lugar e numa época propícia, ele ascendeu sem grandes dificuldades até obter um emprego confortável como programador de computador, em que morreu lentamente de tédio, rodeado por chefes tão limitados quanto agressivos, que se apropriavam do trabalho dele e o obrigavam constantemente a *decidir estratégias* e a dar *o melhor de si* para *atingir seus objetivos*. Ele até tentou se esforçar, familiarizar-se com a novilíngua das empresas dos anos 1980, pensar em apresentações de projetos e gerenciamento. Como prova, havia o *Impulsione seu cérebro em dez etapas, oito princípios fundamentais para ser produtivo* e outros do tipo *Construa seu próprio caminho de sucesso* empilhados no porão dentro de pastas da IBM. Mas, muito pouco seguro de si, doentiamente inquieto, travado pela lembrança do fracasso do próprio pai e bastante lúcido sobre os jogos de poder decorrentes das responsabilidades, ele nunca foi capaz de *agarrar o touro pelos chifres*. O fato de seus colegas chamarem-no de Petardo porque ele peidava no escritório, gostarem dele e o escolherem como porta-voz quando queriam negociar com o chefe parecia ter bastado para ele. Mas o álcool e a paixão repentina pelo zen chegaram quase ao mesmo tempo. No fundo a gente nunca sabe exatamente se alguém bebe para fracassar ou se fracassa porque bebe.

Em todo caso, ele usava o zen com muita alegria para esconder a outra paixão. Na floresta, durante as caminhadas tristes e forçadas de domingo à tarde, a gente sabia que era melhor não se excitar nem rir. Mal começávamos a trilha e ele já exigia silêncio: a contemplação das maravilhas da natureza seria ainda mais intensa, os pequenos animais não seriam perturbados e todo o arranjo cósmico seria respeitado. Mas a gente sabia que, acima de tudo, era a ressaca dele que precisava ser respeitada. Para a minha mãe, que talvez não fosse uma grande poeta, mas tinha um cérebro, o "caminho do meio", o "desapego" e a "não intervenção" de que ele se gabava a todo custo, especialmente quando se tratava de tomar decisões importantes, eram sinônimo de passividade, egoísmo e preguicite. Mas se ela tentava dizer "Temos o direito de falar", recebia a invariável ameaça "Você é muito barulhenta, Lepelleux". A estratégia consistia então em deixá-lo avançar mais na frente com o cachorro. Ficávamos para trás, bem longe, e às vezes acabávamos cantando alguma coisa, cada vez mais alto, de preferência em cânone. À noite, se as coisas azedavam muito, a gente pegava o carro e ia dar umas voltas até dar tempo dele se acalmar. Às vezes a gente até ia ao cinema. Minha mãe aprendeu a dirigir muito cedo e adorava. Tínhamos nossos caminhos prediletos, nossas vias expressas, nossas paisagens noturnas. Eu gostava do jeito como ela fazia curvas, suaves e amplas. Na maioria das vezes ela cantava algo lento que me ninava. Deitada no banco de trás, eu olhava os postes de luz caírem à medida que o carro avançava e fazia exercícios de respiração para ver quanto tempo aguentava ficar sem ar. Depois fechava os olhos e caía em um sono leve. Pelo balanço do carro eu conseguia perceber quando já estávamos no caminho de volta. Eu não queria voltar para casa, nem ela. Mas, enfim. Muitas vezes, quando a gente girava a chave na fechadura, por sorte ele já estava roncando.

Um dia ele trancou a gente para fora, decerto incomodado porque nessa noite seu público habitual não tinha se dignado a assistir a seu espetáculo etílico gesticulado. Ficamos pelo menos meia hora batendo no portão. Assobiamos, gritamos e nada. O pior é que achamos que tinha acontecido alguma coisa com ele. Depois de um tempo, talvez porque eu comecei a ficar com medo, minha mãe tomou uma decisão. Em vez de ligar para uma vizinha aleatória que teria chegado esbaforida, de camisola e bobes e cheia de julgamentos nos bolsos, ela foi buscar uma escada de madeira no galpão, encostou-a na fachada iluminada pelos postes da rua e subiu, pantacourt ao vento, os quatro metros que a separavam da sua própria casa. Quebrou o vidro de uma janela com o lenço enrolado na mão, girou a maçaneta, deu um jeito de escorregar para dentro da casa e desceu para abrir a porta para mim e guardar a escada. Ele nem acordou. No dia seguinte, desembriagado e a par de tudo, ele fingiu que não tinha acontecido nada e nos deixou em paz. Ainda hoje, quando ouço nas reportagens sobre violências conjugais as pessoas se indignarem com certas mulheres que não têm coragem de ir embora, tenho vontade de dizer "Queria ver se fosse com você". Queria ver você num domingo à noite, a pálpebra machucada e a camisola rasgada, preparar às pressas uma mala e correr para um abrigo de luz fluorescente. Queria ver você, coberta de insultos e ameaças, encontrar forças para correr até uma estação com seus filhos, subir num trem sem saber se vai ser possível voltar nem em que condições.

Ao contrário da minha mãe, sempre entendi a calma que ele encontrava nos livros que possuía e o sonho que se escondia por trás disso. Para ela, a luta de classes e a vingança social não significavam nada. Era o pecado do orgulho. Alegrar-se todos os dias com o que tínhamos e se contentar com isso, ou até se desculpar, era melhor. Ela nasceu um pouco antes da guerra. Seus pais, operários de gráfica que se conheceram no teatro, fugiram de Paris para escapar dos bombardeios e do trabalho obrigatório para os nazistas. Mudaram-se para uma minúscula casa na Normandia, à beira de uma estrada. Não havia água corrente, mas um poço, um estábulo onde criar algumas galinhas e um pedaço de terra para cultivar legumes. Com espaço para um cachorro e às vezes para um cordeiro. O pai dela virou leiteiro e fazia serviços gerais para as fazendas da região. Ao que parece eles eram pobres, mas felizes naquela província alegre com seus corais de igreja, seus espaços de refúgio iluminados por tochas e seus banquetes de caçadores. Foi na religião, no canto e na obediência, e não nos livros, que minha mãe encontrou a menina dos olhos de sua infância e, ainda pequena, me contaram como ela arrasou o coração de uma igreja inteira com uma *Ave Maria* no feriado de 15 de agosto em que completou dezoito anos. Seus primos ficaram embasbacados. Pouco tempo depois ela começou a trabalhar no correio da cidade vizinha para ajudar os pais e muito rapidamente a vida dura a destituiu das harmonias celestiais. Depois veio o casamento, infeliz e já violento, a impossibilidade moral de voltar atrás, o primeiro filho, a região metropolitana de Paris, Renault, as piadas indecentes no bar e a sogra que criticava seus vestidos azul-claros e a chamava de burguesa porque ela usava luvas na missa. Ferida, cada vez mais humilhada em sua alma e sua inteligência conforme os anos passavam, ela progressivamente abdicou das *Ave Marias* e, por extensão, de tudo o que fazia sonhar demais, inclusive os livros. De tempos em tempos ela se permitia ler uma *Reader's Digest* "porque as histórias têm um final feliz", ficava aos prantos quando as pessoas ganhavam nos jogos de televisão aos domingos, no programa do Jacques Martin, e via com certo desdém os livros tipo *A arte de viver no Japão* e as vidas de Gandhi que ele folheava de forma solene enquanto ela se exauria, usando um vestido tamanho 52, fazendo as tarefas de casa e ao mesmo tempo trabalhando como agente de cobrança no Tesouro Nacional.

Na biblioteca também havia um monte de livros genéricos que primos ou vizinhos deram de presente no Natal, livros mal escolhidos, de véspera, em alguma Fnac lotada: *Vacas dos nossos campos*, *Piadas de balcão*, *O outro lado da Bretanha*, *Lenda da Route 66*, *A Terra vista de cima* etc. Me deu vergonha abrir o *Menus japoneses para dois* e o *Contos zen*, outros cuidadosamente anotados. Eu também tinha corrido até a Fnac Saint-Lazare num 23 de dezembro antes de pegar o trem. Eu também tinha pensado "Acho que isso serve", igual ao vizinho ou ao primo, quando se tratava do meu próprio pai. Às vezes a gente não presta muita atenção e, depois, tarde demais, as pessoas morrem. Além do mais, que ideia dar de presente *Menus japoneses para dois*, sendo que ele vivia sozinho. Pareceu uma promessa de comer sushi com ele, que não cumpri. Como tantas outras.

A partir daí comecei a pensar nos últimos verões que ele passou sozinho de cueca na cadeira de rodas, morrendo de calor e de solidão, conectado ao aparelho de oxigênio. Também pensei nos pobres cartões-postais que mandei pra ele de um canto e de outro: *Lembranças de Carcassone, beijos do Larzac*. Mas que egoísta babaca e detestável! Então tive vontade de vê-lo imediatamente para dizer desculpa, não passo de uma egoísta babaca, eu fazia de conta que não estava vendo como era difícil. Fui procurar Jean-François, que estava terminando de separar em pilhas um ano de correspondências numa caixa de morangos e falei: Antes de ir embora, quero ir ver o papai.

No necrotério do hospital, um prédio pré-fabricado rodeado de lixeiras, tocamos a campainha. Estava frio e o sol estava se pondo. No céu rosa da noite se destacava a fumaça que saía do incinerador de lixo. Ao longe, o burburinho de um jogo de futebol, uma moto deu partida. Não lembro direito da cara do sujeito que veio abrir a porta, talvez fosse o mesmo do dia em que tínhamos ido entregar a roupa. Só lembro que ele tinha um jaleco branco e um semblante protocolar. Ele foi amigável de uma forma ligeiramente forçada e pediu que aguardássemos numa pequena sala de espera azul-bebê um tanto surrada onde uma pobre planta tentava sobreviver. Penduradas na parede em bolsos transparentes, regras e tarifas fotocopiadas para que todo mundo soubesse que após o terceiro dia de armazenamento do corpo era preciso pagar uma taxa adicional. Eu estava lendo tudo detalhadamente quando o assistente voltou e nos levou até a sala funerária nº 1. Vê-lo me tranquilizou. Ele estava lá, deitado e calmo, um pouco amarelo, com sua bela camisa xadrez bege e vermelha. Pedi para deixarem-no com o colete de caça cheio de bolsos, aquele acessório mágico no qual ele transportava um monte de quinquilharias e sem o qual não ficava. As mãos grandes dele estavam juntas e seguravam o terço de madeira tibetano, e ele parecia dormir. Eu queria tocá-lo, beijá-lo. Colei meus lábios na testa dele, timidamente, temendo ser surpreendida pelo frio, com medo de que ele reagisse e de que seus olhos se abrissem de repente graças à magia do amor. Mas não. A textura da pele continuava a mesma, o que era surpreendente. Ele estava frio, só isso. As sobrancelhas e os cabelos brilhavam sob a luz, cheios de laquê e de gelo porque ele tinha saído de uma porra de congelador. Tenho certeza de que, se pudesse, ele teria feito uma piada sobre isso. Será que ele estava ali, do nosso lado, flutuando como um fantasma bonzinho, com as mãos nos nossos ombros, igual nos filmes? Estaria ali e não na entrada de casa, onde eu ainda podia sentir seu cheiro acre e de alho? Eu não tinha como saber. Mas estava contente em vê-lo. Me aproximei do meu irmão, que, com as mãos cruzadas nas costas, olhava para ele em silêncio. Depois de um tempo, ele disse: Durante a vida toda ele encheu o saco da gente. É engraçado como não consigo sentir nada além de raiva. Não se preocupe, pensei, o restante ainda vai vir. Mas não disse nada e coloquei minha mão na dele.

O QG foi montado na casa da minha tia. Era impossível ficar na casa fria que meu irmão se recusava a aquecer por economia, e onde eu temia cruzar com o morto no meio da noite, saindo do banheiro. Ele ainda estava tão presente que eu tinha a impressão de que poderia surgir de qualquer lugar, em sua cadeira de rodas, dizendo "E aí? Pegaram muito trânsito na estrada?". Além disso estava sendo muito difícil e eu precisava de apoio, de calor humano, e não de cozinhar macarrão com ketchup usando um gorro na cabeça. Clémence, a esposa de Jean-François, o filho deles, Tim, minha tia e minha namorada ficavam lá durante o dia, deixando-nos com nossas tarefas administrativas e nos esperando à noite numa casa agradável e aquecida, com lareira e lençóis limpos. Na verdade, ninguém queria se sentir obrigado a enfrentar o monstro, que atravessava uma crise existencial particularmente grave e que poderia, mais do que nunca, explodir a qualquer momento. Eu conhecia bem aqueles dois homens e principalmente a violência silenciosa que um tinha transmitido ao outro, aquela para a qual os pais educam os filhos e da qual depois tentam proteger suas filhas. Essa violência podia continuar me aterrorizando, mas agora eu já sabia reconhecê-la e nomeá-la para desarmá-la. Então sobrou pra mim *ver tudo aquilo* com ele. Por outro lado, ninguém conseguia realmente compreender, a não ser a gente, a organização bizarra daquela casa, as toneladas de caixas de Efferalgan à base de codeína escondidas nas gavetas, os vinte e cinco litros de leite estocados, as ervilhas no parapeito da janela para alimentar os pombos e as rolinhas, o aquecedor de água que ligava puxando a serpentina e as caixas das velhas revistas *Géo*. Mas ficar lá à noite significava ver, a cada instante, no meio da sala, a caminha em que ele não tinha mais coragem de se deitar com medo de que a morte viesse surpreendê-lo. Ele me dissera "Tenho medo". "De quê?", respondi num tom que pretendia ser reconfortante. Nos últimos meses, a não ser quando eu estava ali, ele tinha dormido sentado na sua poltrona de luxo Everstyl, vigiando o ceifador a noite toda, cansado, enquanto assistia pela enésima vez à reprise de *Routes de l'extrême* [Rotas extremas].

À noite, longe do grupo, sozinha com minha companheira numa cama confortável, eu podia me entregar um pouco ao sofrimento. Ele se manifestava de um jeito estranho: eu pronunciava várias vezes, em voz alta e sem conseguir controlar, "Não, não, não", balançando a cabeça como um mantra, depois, tensa igual a um arco, eu enterrava o rosto no travesseiro por alguns minutos para ver quanto tempo aguentava ficar sem ar. O espírito e o corpo rejeitavam as novas informações. O que posso fazer pra você se sentir melhor? Nada, me abraça, me aperta bem forte. Ela colava o corpo contra o meu, me abraçava de conchinha e assim, colada, sem saber mais o que dizer para me consolar, pegava no sono, me deixando sozinha com meu pequeno teatro imagético.

Nunca estive tão acordada como durante essas noites. Eu ficava lembrando de tudo em looping, principalmente da cena em que a auxiliar de enfermagem cuidadosa tinha provocado o acidente.

Internado havia três semanas, incapaz de comer qualquer coisa, ele estava só pele e osso. Eu tinha colocado alguns travesseiros entre suas pernas dobradas para que elas não encostassem uma na outra. Ele não tinha força para mais nada, a não ser para dizer "Estou cansado". Alguns dias antes ele tinha me contado, ofegante, que uma jovem enfermeira de quem ele gostava tinha feito a toalete dele bem de manhãzinha.

"Correu tudo bem", ele concluiu, e fiquei tranquila em saber que ao menos uma pessoa naquele serviço decadente dava um pouco de atenção para ele.

Pousei minha cabeça perto da dele sobre o travesseiro e chorei em silêncio enquanto Julien Lepers fazia suas eternas perguntas. Esperei por outra palavra, algo solene, mas nada aconteceu. Só o braço dele em volta do meu pescoço. Foi a equipe hospitalar da noite que me fez sair. Uma jovem enfermeira estagiária e uma auxiliar de enfermagem gordinha que falava alto demais para o meu gosto, num tom asqueroso tipo "Muito beeeem, o senhor fez um cocozinho porque está contente que a filhinha está aqui?". Essa Gladys sempre dava dessas, andando em volta da cama igual a uma hiena, enquanto a estagiária se escondia num canto da parede. "Como está se sentindo, sr. Pauly? Lembra que eu pedi um colchão antiescaras pra minha colega do primeiro andar? Pois ele chego-ou! Não é maravilhoso? Não foi fácil, sabia, sr. Pauly, mas a gente vai instalar ele pro senhor já, já. Só vai levar alguns minutos, né, Aurore, vai ser uma troca rapidinha pro sr. Pauly! É só pegar a bomba de encher e zás, tá pronto!" "Sim, vai ser rápido", Aurore respondeu vagamente, virando-se na minha direção. Dei uma risadinha nervosa e cheia de falsa gratidão e o papai disse um obrigado sem conseguir se mexer. "Bom, a gente já volta com o colchão, sr. Pauly, não é, Aurore, que a gente já volta?" "Sim, sim, a gente já vem, bom, até já." Aurore de fato voltou logo em seguida com algo que parecia um barco inflável. Ela o desembrulhou no fundo do quarto e ligou o inflador na tomada. Eu estava sozinha, Jean-François tinha ido na Darty comprar o ventilador. A gorda solícita Gladys reapareceu. "Vamos lá, vamos, sr. Pauly. Vamos colocar sua cadeira aqui pertinho da cama. Vou ajudar o senhor a se sentar." Cooperei, aproximei a cadeira, travei os freios e ele mais ou menos se ajeitou. Ela se aproximou dele com uma energia um pouco excessiva, tipo "Vocês vão ver como eu sei lidar bem com os pacientes", passou os braços esqueléticos dele em volta do pescoço, segurou ele pelas costas e o tirou da cama sem contar até três antes, para colocá-lo na cadeira como se fosse um pacote pesado demais. Achei isso brutal, mas não falei nada. Elas tiraram o colchão anterior e o encostaram na parede. Ele ficou encolhido durante um tempo, depois virou para mim

com a mão no peito. "Não estou bem, água, me dá água."
Foi quando senti que alguma coisa estava errada.

Peguei a garrafa que estava na cômoda e coloquei o canudo na boca dele. Ele sugou um pouco, com o olhar vago, e toda a água saiu pelo nariz. Enxuguei-o e ele se inclinou para a frente para se deitar de novo. Não deixei. "Espera, pai, tá sem colchão, você precisa esperar um pouquinho." Eu falei alto, muito alto. "Espera só mais um minuto." Me posicionei atrás dele para segurá-lo enquanto ele continuava tentando se deitar. Ele balançava a cabeça fazendo barulhos bizarros enquanto o colchão não terminava de encher. "Só mais um minutinho, sr. Pauly", Gladys gritou, sentindo que a situação estava começando a sair do controle e que ela tinha feito besteira.

Elas colocaram rapidinho o barco mal inflado sobre os ferros da cama e Gladys literalmente jogou ele em cima. "Vamos lá, ufa, prontinho, sr. Pauly!" Nesse momento, vi os olhos dele e percebi que ele estava morto, mas meu cérebro recusou a informação. Jean-François chegou com o ventilador enquanto elas arrumavam os lençóis. Eu falei: Vou deixar você cuidar do resto, vou fumar um cigarro. Quando subi de volta, um jovem residente de bochechas rosadas, chamado às pressas, estava saindo do quarto. Ele tentou olhar a gente nos olhos quando disse "Sinto muito, acabou. Ele teve uma embolia pulmonar". Nas semanas seguintes, pensei várias vezes em escrever uma longa carta para a imbecil da Gladys dizendo que, se ela não tivesse tentado tanto bancar a espertinha, as coisas certamente não teriam acontecido daquele jeito. Mas desisti. Se você a conhece, diz pra ela que não vou esquecê-la.

No dia marcado, cheguei com minha namorada ao presbitério para a "preparação". Ela ficou ali zanzando na cozinha e achei engraçado levar uma neta de comunista espanhol a um lugar onde lhe perguntariam sem rodeios se ela acreditava que Jesus tinha mesmo ressuscitado. Ao mesmo tempo, a avó dela, que se chamava Consolación, tinha colecionado escondido, durante a vida toda, imagens religiosas e frascos com água benta, então esse universo não era totalmente estranho para ela. No fundo, acho que eu queria mostrar esse lado da minha vida para Félicie. Ela já tinha tido uma visão geral do meu "contexto" e até então nada a tinha desanimado. Nem o irmão taciturno e autoritário, nem o pai de cuecas na frente de uma televisão ligada no volume máximo, nem esse mau hábito familiar de sempre ver o pior lado das coisas. Comigo a mesma coisa: as imersões na infância de uma e de outra eram sempre vividas como novas aventuras que às vezes equivaliam a uma viagem a duas para uma ilha exótica. Nossa coleção de histórias ganhava corpo seja num jantar entre primos distantes, no corredor de tintas da Castorama, num carro em meio à névoa do planalto de Causse ou num vernissage mundano. O que contava era a novidade do programa, a aventura louca ao virar a esquina. Ali, mergulhada até o pescoço na morte, descabelada e tendo como único trunfo de charme minhas competências em liturgia católica, eu realmente deixava transparecer as verdadeiras fundações, sem rodeios nem teatro, sob o risco de talvez ver o lindo espelho do amor se quebrar. Mas era a única atividade que eu tinha para oferecer. Então disse a ela: Vamos, é um espetáculo engraçado, vai ser divertido.

Na cozinha do presbitério, fomos recebidas calorosamente e nos sentamos diante de uma xícara de café e um prato de bolachas. Apresentei Félicie de forma bem simples, dizendo apenas o primeiro nome dela, sem especificar que ela e eu gostávamos de fazer sexo no sábado à tarde depois de passar a manhã toda na cama e tomar um bom banho. André estava ali, ainda com a blusa de lã e os sapatênis de couro Mephisto, e nos apresentou ao que parecia um exército pessoal pronto para agir. Havia Charlène e Yolande diante de um livro de cantos aberto, Eugénie diante de um pequeno teclado de plástico e Freddy, visivelmente encarregado da cafeteira e do leitor de CDs. Todos das Antilhas. Enquanto sorríamos com um ar tonto para mascarar a ideia desagradável que ia aos poucos se formando nas nossas mentes, eu imaginava uma manchete de imprensa regional: "Em um edifício gentilmente disponibilizado à diocese de Versalhes pelo município, duas sapatonas esquerdistas participam, a contragosto, de uma cena neocolonial". Mas guardei essa ideia numa gavetinha bem trancada. Não era o momento. Essas pessoas tinham vindo por pura bondade em uma tarde de sábado preparar o funeral de um cara que mal conheciam, exceto por terem levado a ele a comunhão na véspera da Páscoa; o padre, que falava com eles num tom pouco animado para o meu gosto, era um missionário amigo da família e ia enterrar alguém que às vezes me dizia, como um homem de sua geração, "Esses negros são muito simpáticos, você não acha? Agradáveis, calorosos, tudo... Igual aos argelinos e aos marroquinos". Então eu não tinha nada de especial a acrescentar. Apenas nos mostramos dignas da atenção que tiveram a amabilidade de nos conceder.

Sempre invejei as pessoas — e conhecia muitas delas — capazes de se levantar e ir embora sem dizer nenhuma palavra quando a conversa não as agrada ou quando se sentem presas numa situação que repudiam. Eu nunca consegui fazer isso. Nem mesmo nos jantares de fim de ano em que servem piadas de mau gosto para acompanhar a sobremesa e reforçar o sentimento de coesão geral. Existem várias opções nesses momentos:

engolir o bolo em silêncio; protestar e se expor diante de olhares de reprovação tipo "não-enche-nosso-saco--sua-burguesinha"; ficar de frente para a pia esfregando raivosamente uma panela com palha de aço sob a água fervendo, lamentando ter se isolado na cozinha, o lugar charmoso onde as mulheres costumam ficar; ou ainda ir embora no próximo trem que chega dali a duas horas na estação de Vernon e se ver sozinha e furiosa numa noite de Natal, com uma mala pesada, numa plataforma deserta e encharcada pela chuva. Até então, para não fazer escândalo, eu sempre escolhia a pia. Mas estava começando a dizer a mim mesma que da próxima vez me daria o direito de ir embora. Dessa vez eu ainda teria que ficar na moita.

Conseguimos nos distrair um pouco. Charlène, balançando a cabeça, disse algo gentil a respeito do senhor tão original que fazia piadas engraçadas com seu sobrenome e tive que explicar novamente como tinham sido as últimas semanas. André repetiu pela segunda vez que minha mãe era uma mulher cheia de doçura e bondade e depois me perguntou o que escolhi, pronunciando meu nome de um jeito bem articulado. Era estranho ser nomeada de maneira tão distinta, mas isso me fez bem, me deu uma forma, contornos, uma existência própria e distante do turbilhão geral.

  Eu tinha assinalado na ficha *Para preparar a celebração do funeral* os textos que me pareciam possíveis, coisas um pouco distantes dos mistérios complicados da fé e das fábulas inverossímeis em que se multiplicam os pães, os leprosos são tocados sem contaminar os demais e os mortos se levantam e caminham quando instruídos a fazê-lo. Narrativas tão datadas que mesmo um ás dos sermões teria dificuldades para atualizar. Não, mais uma vez escolhi coisas campestres com um horizonte: uma árvore onde os pássaros constroem seus ninhos, grãos de trigo que caem na terra para gerar campos cor de mel, *O senhor é meu pastor* e *Em pastos verdejantes ele me faz repousar*. Também levei a foto que me pediram, colocada às pressas numa moldura dourada de madeira. Era a única foto grande que tínhamos dele. Ela foi tirada no jardim, em pleno verão, na grama alta de sua infância. Era seu período de estabilidade pré-aposentadoria e, aliviado por não precisar mais usar terno, ele passava o dia todo de jeans rasgado, camiseta e suspensórios. As mãos nos bolsos, o rosto um pouco inchado pelo calor e pelo álcool, ele quase não sorri, um pouco como a Monalisa, mas é possível ver nos olhos dele o prazer de estar ao ar livre.

Para a música, pesquisei em sites tipo *A Morte na Palma da Mão* para descobrir que, para a música de entrada, dava para escolher "On Earth as It Is in Heaven", do filme *Mission*, "Avec le temps", de Léo Ferré, ou ainda trechos de Vangelis. Mas imaginar a gente caminhando em câmera lenta atrás do caixão de um aleijado com a música de *Carruagens de fogo* como trilha sonora me fez ter um ataque de riso nervoso. Rir ou chorar, essa era a questão. Eu, que geralmente me afundava em lágrimas por causa de uma torrada que caiu virada para baixo de manhã, do nada achava indecente infligir ainda mais emoções nas vinte pessoas que estariam presentes no dia. Na montanha de salmos e cânticos que encontrei durante a pesquisa, escolhi, para o momento de acender as velas, o melodicamente perigoso "Encontrar em minha vida tua presença", uma divertida *mise en abyme* da figura do pai ausente, embora eu tivesse certeza de que o minicoral reproduziria a mudança melódica da segunda estrofe como se derrapasse em uma camada de gelo, e, para o momento em que todos aspergiriam o caixão com água benta, o sóbrio "A escuridão não é escura para ti", que falava, no fundo, da densa escuridão em que todos estão se debatendo e da forma como imaginamos, ingenuamente, que algo ou alguém virá dissipá-la. Um belo final, uma bela despedida.

Repetimos rapidamente alguns cantos ao vivo e ouvimos de novo alguns outros no aparelho de CD. Freddy sempre errava os números das faixas e a máquina tremia assim que tocava uma frequência grave, mas ao menos dava uma ideia do clima que teríamos no dia. De tempos em tempos eu olhava para Félicie, que estava completamente alucinada. André concordou com os textos que selecionei. Concordou que não ficássemos presos numa obscura epístola aos coríntios. Aliás, quem eram os coríntios? Eu não fazia a menor ideia. Quando criança, imaginava uns caras meio tortos — já que não paravam de escrever para eles para dizer como se comportar —, especialistas no comércio de uvas-passas. Ele concordou também em não forjar um clima de Vaticano II, a pieguice descrita por Chatiliez em *A vida é um longo rio tranquilo*, estruturada em torno de ritornelos melosos e refrões inverossímeis destinados à lavagem do cérebro ainda mole das crianças e dos escoteiros. Mas a ideia até que era boa: sair do latim intimidador e, numa repentina preocupação socialista e filantropa, tornar a Palavra acessível a todos, salpicando-a com imagens hippies, violões e flautas. No final isso levou a alguns eventos ridículos, mas alegres, com grupos inteiros de pessoas, compostos principalmente por crianças e mulheres idosas, batendo palmas ao som de tamborins cantando: Dance de alegria, dance por teu Deus, dance na roda da alegria.

Enfim, André concordou com a oração de Santo Agostinho — *Onde houver ódio* — e achou a parábola do grão de trigo particularmente pertinente. "Seu pai era um homem generoso e inteligente, mas eu o conhecia bem e sei que ele também tinha seus defeitos. Sabe, um enterro não é necessariamente para fazer a apologia de alguém. Acho importante ler esse texto porque ele fala sobre se envolver com os outros e dar o melhor de si sem pedir nada em troca, e seu pai às vezes tinha dificuldade com isso", ele explicou para concluir.

Nossa, é mesmo, pensei, quase aliviada por alguém de fora saber formular isso de modo tão claro. Ou seja, a não ser aqueles que o conheciam há pouco tempo, ninguém tinha sido realmente enganado por sua maneira muito particular de pensar primeiro em si mesmo.

No caminho de volta, pensei de novo em tudo isso. É verdade que às vezes ele esticava demais a corda. Por exemplo quando, naquele maravilhoso fim de tarde de verão, o vizinho me ligou para dizer que meu pai de setenta e três anos, sem uma perna e com insuficiência respiratória, tinha acabado de ser levado por policiais, com direito a algemas e tudo o mais, porque, bêbado em seu carro automático, ele subiu no canteiro na frente da prefeitura na hora em que as crianças estavam saindo da escola. Felizmente foram condescendentes e o levaram ao hospital, como costumam fazer com os mendigos escandalosos com a cara desfocada que a gente vê no programa *Emergência 24 horas*.

Naquele dia o tempo estava bom, a vida me parecia cheia de infinitas promessas e, quando desliguei o telefone, depois de ter tranquilizado o vizinho em estado de choque, decidi não fazer absolutamente nada. Acho que só tentei aproveitar o sol que aquecia meu rosto. Percorri o bairro de cabo a rabo, observei, no caminho, uma luta de pardais aqui, uma tília balançando ao vento ali, indiquei a direção do correio a uma americana perdida, vaguei a esmo pelos corredores do Monoprix e depois encontrei uns amigos no terraço de um café. Ao sentar minha bunda na cadeira trançada do café, eu havia, como de costume, passado a enxergar o outro lado: eu era o intrépido rebento de um cowboy rebelde espancado pelo xerife na saída do *saloon*. Então, depois de uma primeira cerveja que desceu em dois goles e brindando à saúde dele, peguei meu celular. Mas os mistérios do Oeste são tão impenetráveis quanto os do vício. Sóbrio, mas ainda confuso, ele estava no estacionamento do hospital esperando um táxi e se dizia surpreso por terem confiscado sua carteira de habilitação. A negação é a verdadeira doença dos breacos. "Você vê, os caras não estão de brincadeira. Eu não tinha tomado nem dois copos. Foi com algema e tudo. Achei esquisito." Não fiz nenhum comentário além de "Bom, você já saiu, que bom", pensando em como eu também achava "esquisito", quando criança, estar à beira de um acidente a cada cruzamento. Claro, era outra época: recomendavam à população consumir cerveja nos dias de canícula, os guardinhas perseguiam os nudistas em Saint-Tropez, Yves Montand dirigia a mil por hora, sem cinto de segurança e à noite, para encontrar Romy Schneider depois de ter tomado dois ou três drinques, e uma bela bofetada era eficaz para acalmar esposas recalcitrantes. Na França de Giscard era preciso se comportar como um homem e, como tantos outros, ele tinha assumido o papel da sua época. Mas ele nunca quis ouvir que tinha exagerado nisso tudo. Quando eu o lembrava, por meio de alusões discretas, do seu período de impregnação etílica, dos meus três aos meus quinze anos, e dos efeitos colaterais que isso tinha provocado em todos nós, ele sempre respondia "Eu não bebia tanto assim. Além disso, eu e sua mãe nunca nos demos bem. Ela era dura, teimosa, possessiva. Ela te guardava só pra ela". Eu disse "Bom, pai, você tá com as chaves de casa? A carteira? Tem dinheiro? Sim? Bom, então volta direito pra casa, amanhã eu te ligo". Ele sentiu que pararíamos por ali e que sua tentativa de me fazer abrir mão das minhas férias tinha simplesmente fracassado. "Tá bom, meu docinho, te amo, tá, o táxi chegou, se cuida, tranca a porta de casa e desliga direitinho o gás."

Tá legal, pensei, vou desligar o gás direitinho.

Achei que a suspensão da carteira de motorista, a carta da polícia e a exigência de sobriedade o vacinariam, mas, aparentemente, ele ainda não havia se decidido. Alguns meses depois, bêbado de novo, ele tropeçou no tapete e bateu com a cabeça no batente de uma porta. O sangue jorrava, e tive que deixar tudo pra trás para pegar um trem e encontrá-lo aos pés da cama, parecendo um trapo, ainda que consciente, com tudo o que essa moleza implica. Depois de três tentativas frustradas de colocar o gigante em cima do colchão de onde ele continuava caindo, chamei os bombeiros.

Na sala de exames do pronto-socorro, ele insistiu para que eu lhe servisse um copo do uísque cuja garrafa, segundo ele, estava guardada no armário atrás do cabideiro. "Eles não vão saber, vai, meu docinho, por favor, seja um pouco caridosa." No início o médico achou que eu estava tentando me livrar do meu velho pai bêbado, mas quando ouviu meu pai dizer que tinha nascido em 1982 e que três mais três era igual a doze, preferiu mandá-lo fazer uma tomografia. Às duas da manhã me ligaram para informar que ele seria transferido para Sainte-Anne para que o neurocirurgião rompesse a bolsa subdural com um berbequim. Quando voltou para o quarto, ele já tinha voltado a si e brincava com o maqueiro. Aliviada, sorri espontaneamente com o "Parabéns, rapazes, vocês sabem dirigir essa carroça direitinho". Para um cara que tinha acabado de sair de um semicoma, ele estava bem, mas eu estava um pouco irritada. Porque eu tinha sentido medo, achado que ia perdê-lo, enquanto ele estava lá brincando e bancando o engraçadinho. Porque, em resumo, estávamos de novo ali por causa de um copo a mais. E porque acabei me perguntando, enquanto folheava a enésima *Paris Match*, sentada na enésima cadeira médica de couro sintético cor de salmão, por que era sempre ele que precisava ser cuidado.

A vez que, um pouco antes do Natal, um estafilococo dourado atacou a perna amputada dele porque ele não tomava banho, e a outra vez que ele deixou a pequena bolha de seu pé degenerar até que a pele ficasse em pedaços... A única vantagem de todas essas peripécias é que a gente conhecia o pronto-socorro da região como a palma da mão e desenvolveu dons particulares para extorquir informações das auxiliares de enfermagem ou achar rapidinho a máquina de café. A gente até ria disso. Eu sempre acabava inventando desculpas para ele: eram a melancolia, a solidão e o tédio que nada nunca tinha conseguido preencher que o enlouqueciam. Já meu irmão não ficava nem um pouco comovido com esse circo, essa verborragia vitimista, esse alvoroço em volta de um pobre velho negligenciado pelos filhos ingratos.

Em geral, depois desse tipo de acontecimento, uma vez que o perigo passava, eu me distanciava um pouco até achar tudo rocambolesco, conseguir fazer piada, hahaha, com meus amigos. Eu o fazia pagar pelos escândalos com ainda mais distância e silêncio, não atendendo o telefone nem ouvindo a caixa postal do celular, o que não era uma estratégia tão boa assim já que nesse meio-tempo a culpa me devorava e, na visita seguinte, como um efeito bumerangue, ele reclamava ainda mais. Era eu quem pagava por essas tréguas de algumas semanas, pois, ao chegar, podia escolher entre secar um balde de xixi que tinha acabado de derramar no carpete da sala; esconder pedaços de lenha velha pelos quatro cantos da casa para ele poder se defender caso algum ladrão aparecesse; subir num banquinho instável para esconder documentos importantes em cima dos armários; ir vinte vezes ao jardim por não ter cortado no tamanho certo o ramo de trepadeira que ele queria replantar num vaso de bonsai; jogar fora os iogurtes vencidos e as frutas podres esmagadas num saco plástico ao pé da cama; desgrudar uma casca de banana seca que colou metade no lixo e metade no papel de parede por causa de um erro de cálculo da distância; arrumar uma mesa cheia de vasilhas sujas, cascas de alho, macarrão chinês em decomposição e embalagens de queijo processado; ou acalmar uma crise de ansiedade durante o banho quando o chuveirinho ficava muito perto da cabeça ou a espuma do xampu escorria nos olhos. Ainda assim eu fazia o melhor que podia, primeiro dando uma bela de uma bronca, depois, um pouco mais calma, suspirando do jeito mais barulhento possível e virando os olhos pro céu como uma adolescente. Era um jogo nosso, um sistema antiquado do qual eu não podia escapar. Ele forçava, forçava, e eu cedia, primeiro me rebelando, e depois com uma abnegação católica. Mas, no fim das contas, eu sempre acabava abraçando, beijando e cuidando daquele corpo tão vulnerável que durante tanto tempo eu temi por conta de sua loucura e violência. Eu ensaboava, enxaguava, secava, esfregava as costas longas e curvas, hidratava seus braços intermináveis e suas grandes mãos elegantes. Uns dedos terríveis e imponentes que ele nunca tinha levantado contra mim, pás retangulares diferentes, muito diferentes, das patas atarracadas e peludas que às vezes vemos em homens mais urbanos, mas de menor envergadura. Eu também era responsável pelo corte: uma vez por mês passava máquina zero, removia os pelos gigantes das sobrancelhas que caíam sobre as pálpebras e ria de espanto por suas orelhas e seu nariz ainda estarem crescendo. Em seguida ele vestia uma camiseta limpa, dirigia a cadeira de rodas com dificuldade até o espelho da entrada e se observava por um momento, antes de dizer "Obrigado, meu docinho, ficou ótimo, agora estou limpo e novinho em folha", quando na verdade ele parecia mais um detento que acabou de sair da solitária e que, tendo se raspado muito rente à pele, tinha manchas vermelhas de irritação em sua nuca de hemofílico. Porém ele continuava bonito, porque as idades se sobrepunham nele: o corpo cedia, o rosto enrugava, mas a mente continuava intacta, apesar dos vários anestésicos legais engolidos ao longo dos anos. E, durante esses cuidados que me proporcionavam uma aproximação com ele que nunca tinha tido antes, às vezes eu percebia, ao me esquivar de algum golpe, o jovem espirituoso e desengonçado preso no corpo do velhote. Havia também, nesse corpo cansado, debaixo da pele branca, flácida e descamada, ainda um pouco de soberba, um certo estilo, um ombro caído, uma arrogância, uma forma de ficar em pé na frente da pia do banheiro, mesmo quase sem fôlego e sobre uma perna só. Às vezes, quando me vejo em fotos, detecto um pouco desse quê e me orgulho de ter herdado isso, ainda que seja o que me distancia dos padrões aceitáveis de feminilidade.

Mas se eu tivesse que estabelecer um ranking, daria um prêmio especial àquela noite de verão em que, por ele jogar pão velho e sementes de maçã pela porta de correr todas as noites, um rato preto enorme subiu até o andar de cima pelo tronco da videira e se refugiou embaixo do sofá onde eu dormia. Essa vez eu realmente tive um ataque de fúria, enlouqueci com o fato de estar de quatro caçando uma porra de um rato a vassouradas. Desde então, quando alguém tenta me explicar o espírito punk, eu simplesmente deixo a pessoa falando.

Passamos o resto da tarde fazendo a triagem das bulas de remédios, das receitas médicas, dos extratos bancários, dos boletos, dos cartões, das correspondências, dos anuários e dos folhetos com promoções da Aviva, Belles Maison, Chauffage Magique, Fabuleuses Fenêtres, France Abonnements, Incroyables Plantes, Prévoyance Décès, Renault l'Entreprise e Tirages Exceptionnels aglomerados na mesa da sala. A ideia não era jogar tudo fora, só organizar. A gente colocou as coisas em ordem para entender melhor. Colocou na nossa ordem, a ordem dos vencedores e cautelosos, a ordem autoritária e arrogante daqueles que "administram bem" a vida. Mas, pouco a pouco, fomos descobrindo que, apesar do aparente caos em que achamos que ele se chafurdava, ele tinha mantido tudo organizado até o fim. Os boletos, por exemplo, ainda que numerosos, tinham sido pagos antes do vencimento, com a data e o número do cheque anotados no recibo. Sem dívidas, sem empréstimo escondido. Jean-François teve dificuldades para decidir o tipo de classificação a ser adotada, e multiplicou febrilmente as pastas e subpastas, que cuidadosamente identificou. Sugeri usar um canetão roxo grosso para ficar mais legível, mas ele respondeu que com lápis a gente podia apagar e reutilizar. Estávamos soterrados debaixo de papéis que desabavam dos armários e gavetas e ele estava pensando em reciclagem. Quem vai reutilizar tudo isso? Você?, respondi com maldade. Mas ele parecia tão perdido que não insisti. Ele também tinha tentado me convencer a usar selos de envio-padrão nos convites para o velório, sob o pretexto da pegada ecológica, mas resisti. Não, Jean-François, desse jeito, quando as pessoas receberem o convite ele já estará a sete palmos debaixo da terra. No fim, e com muita dificuldade, chegamos num acordo: ele usaria o envio-padrão só para os convites destinados aos próprios amigos dele. Se ele preferia ficar completamente sozinho no dia do enterro do pai, era problema dele. Durante essa dura negociação à base de "me pareceu que" e de "vou expor meu ponto de vista", passei de novo por uma chefinha que quer *mandar em tudo* e ele, por um poeta incompreendido. Que ecos surpreendentes... Estava tudo tão tenso entre a gente que eu não levava nenhuma fé na nossa relação depois que tudo terminasse.

Na verdade, a ideia de não ter ninguém no enterro e de sermos apenas seis a constatar que a pobre vida do meu pai não tinha servido para nada e não tinha deixado marcas em ninguém me deixava totalmente angustiada. Com a solidão que ele tinha cultivado e a deficiência que o deixara trancado em casa, eu me perguntava quem viria, além dos parentes mais próximos. Enviei convites para a senhora que trazia as refeições, os vizinhos, o médico e até para as enfermeiras. Os primos da Alsácia eram velhos demais para viajar, seu velho amigo Claude tinha se afundado nas teorias conspiratórias antes de se suicidar com gás, e sua irmã, que vivia nos Estados Unidos e não tinha nada a ver com a família, tinha se limitado a choramingar no telefone a respeito do seu próprio exílio em vez de nos dizer alguma coisa reconfortante. Ela queria "mandar rezar missas" em vez de comprar uma passagem de avião. Grande coisa. Por telefone, comuniquei também a Annie, uma das amigas dele da juventude, que agora era responsável pelas "atividades seniores" da prefeitura. Pedi para que ela avisasse os colegas de refeitório e de palavras-cruzadas, só por desencargo, mesmo que ele não frequentasse mais o lugar há muitos anos.

Também procurei, aleatoriamente, cadernos e cadernetas em que, nas épocas boas, ele escrevia todos os dias o que tinha gastado ou para que órgão tinha telefonado, e nos quais também estavam anotadas, aleatoriamente, citações ouvidas no rádio, taxas de coagulação, datas de aniversário, consultas médicas, títulos de livros e listas de compras intermináveis, diferentes nomes e pistas de outras pessoas com quem ele mantinha contato sem que a gente soubesse. E numa caderneta quase nova, decorada com um *smiley* ridículo, depois dos dados de um marceneiro e antes de um desenho pequeno de uma carabina, escrito com caneta azul, descobri um número de telefone e um nome em que cada letra estava circulada. Juliette. Era ela que eu procurava.

Ela aparecia regularmente nas agendas de quando ele era jovem, anteriores à minha mãe, que ele tinha guardado e que explorei quando mexi na biblioteca. Na infância, por conta da tempestade em que a gente vivia, eu nunca ousei perguntar, mas três anos antes da morte dele tomei coragem. Ele tinha acabado de ser diagnosticado com câncer, e, movida pela estranha urgência que essa notícia provocou, eu quis que ele me falasse dele, da infância, das suas principais lembranças.

Ele me contou das armadilhas para coelhos que ele e seus colegas colocavam nos campos: A gente fazia fogueira e tudo, brincava de caçador; contou da guerra e dos bombardeiros: Eu estava do outro lado do Sena quando bombardearam a ponte, eu tinha nove anos; contou que o pai foi buscar a ele e à mãe na Alsácia antes do fechamento da fronteira e depois da anexação informal do território pelos alemães: ele ficou em dúvida porque ia deixar tios, tias, primos, mas não queria ficar. Lembro que ele chorou. Atravessamos no momento certo e voltamos para Paris. Minha mãe era daqui. Bom, isso você sabe. Ele também me contou do carinho que tinha pelo pai, um homem *bom feito pão*, açougueiro de profissão, que não suportou a mesquinhez dos vizinhos e caiu em depressão, no álcool e na maldade. Depois vieram as dívidas, a falência do açougue e, finalmente, o acidente mortal na empresa de caminhões onde ele era um simples funcionário. Ele foi atropelado. Foi tua mãe quem veio me buscar no ônibus. Eu estava voltando da fábrica. Ela me disse: Seu pai morreu, foi atropelado. Não tive coragem de ir ver o corpo, minha mãe também não, e a Marie-Louise era muito pequena. Foi a Françoise que cuidou de tudo. Nunca fomos atrás para saber o que realmente aconteceu. Teve um boletim de ocorrência, mas não teve processo. Minha mãe recebeu a pensão de viúva e pronto. Enfim ele me confessou, um pouco constrangido, que a avó profetizara que, nascido no dia 13 de dezembro, ele daria azar a todas as pessoas que cruzassem seu caminho: Você vai ser uma criança infeliz, ela me disse. Ela também me avisou que eu ia morrer afogado, é por isso que nunca andei de barco e nunca entro no mar. Também é por isso que você quase não toma banho?, ironizei. Ele riu.

Eu não conseguia acreditar em todas essas revelações. Elas não justificavam nada, mas explicavam algumas coisas, a paúra que ele sentia de tudo, o jeito de esperar que o céu desmoronasse sobre sua cabeça, as dificuldades em ter noção da realidade. Eu sabia de alguns detalhes sobre meu avô, mas até então só tinham me falado que ele era um bêbado... que batia na mulher. Como se uma coisa explicasse a outra e, no fim das contas, os indivíduos fossem apenas o resultado de uma materialização de atavismos. Quanto à famosa "profecia", sem ser ingênua em relação à sua facilidade de se colocar como vítima, me perguntei o que os adultos tinham na cabeça para falar besteiras desse tipo para as crianças. "E quem é a Juliette?" Juliette C. Era uma menina de quem eu gostava. Eu a conheci no colégio em Poissy. A gente se dava bem, eu a fazia rir. Mas fui expulso da escola porque ia de bicicleta e chegava atrasado. O inspetor não me deixava entrar, mesmo depois de eu ter pedalado tantos quilômetros. Além disso, eles me perseguiam. Eu não tinha dinheiro para comprar caderno nem caneta, e os professores não me queriam na aula deles. Daí eu deixei pra lá e consegui um emprego na Renault. Era melhor para a minha mãe, porque a gente realmente não tinha nenhum tostão. E Juliette e eu perdemos contato. Depois ela virou enfermeira. Queria viajar, ir para a África. Ela se casou, teve filhos. Acho que o que eu tinha a oferecer não era suficiente para ela. "E você não tentou reencontrá-la?" "Tentei, mas cada um tinha sua vida. Cruzei com ela uma ou duas vezes em Poissy, e foi só isso. Também falamos depois que a mãe dela morreu. Mas ano passado eu estava cansado de ficar sozinho, então tomei coragem e liguei pra ela. Ela também estava viúva e os filhos já eram adultos. Sugeri que a gente se encontrasse, mas ela não quis." "E foi isso?" "Ah, eu liguei várias vezes, mas ela nunca quis me ver, ela falava que não podia, que era melhor assim. Então deixei pra lá."

Guardei a caderneta no bolso e a mantive comigo como se fosse um tesouro de guerra. Não falei para ninguém sobre o que tinha encontrado. Sem saber direito o motivo, de repente meu sofrimento ficou mais leve, acho até que consegui fazer umas piadas durante o caminho de volta para a Normandia. Ao chegar, me isolei num quarto falando que precisava cochilar. Eu não sabia se era certo o que eu estava para fazer. Talvez fosse indiscreto, mas peguei meu telefone e digitei o número. Uma mulher atendeu. "Boa noite, desculpe incomodar, eu gostaria de falar com a sra. Juliette C." "Sim, sou eu." "Boa noite, desculpe incomodá-la. Encontrei seu número na agenda do meu pai, o sr. Jean-Pierre Pauly. Não sei se estou fazendo a coisa certa ao ligar pra você, mas eu só queria informar que ele faleceu no domingo." Ouvi sua respiração se suspender e houve um breve silêncio. "Meu Deus, o Jean-Pierre... Que notícia triste. E não se preocupe, você fez bem em me telefonar. Você é a Anne, filha dele, certo?" Então ela me conhecia. "Sim, isso mesmo." A voz dela embargou um pouco e senti, com um certo alívio, que ela estava realmente emocionada. Era estranho falar com alguém que eu nunca tinha visto, mas que sabia quem eu era. "Desculpe atrapalhá-la a esta hora, mas eu tinha a sensação de que precisava avisá-la." "É muita gentileza me avisar, e você não está atrapalhando. Pobre Jean-Pierre. Seu pai e eu nos conhecemos no colégio, éramos muito amigos, mas o destino escolheu outras coisas... Nos perdemos um pouco de vista e cada um seguiu sua vida, mas nunca o esqueci.

A gente se falava muito de vez em quando. Ele era tão gentil, tão tímido. E engraçado também. Desculpe, eu estou um pouco emocionada... Isso me deixa muito triste e sinto muito por vocês também." Eu também comecei a sentir um nó se formar na minha garganta. "E quando vai ser o velório?" "Daqui a dois dias, na igreja de Carrières." "Ah sim, está bem. Não sei se poderei ir, mas talvez..." "Se a senhora puder e quiser, eu só achei importante avisá-la." "Muito obrigada por ter me ligado. Preciso desligar. Seja feliz, mocinha, seu pai provavelmente gostaria que você fosse. Um beijo." Eu não queria que ela desligasse. Por mais estranho que pareça, ela foi a única pessoa que me disse algo sensível e encorajador nos últimos dias e, além disso, ela me mandou um beijo. "Obrigada, muito obrigada. Tchau para a senhora." "Tchau." Fiquei um tempo olhando o teto, os detalhes em gesso amarelados e empoeirados, e o papel de parede com bolhas, depois guardei a caderneta no estojo do meu violino. Ele não deixou nenhuma indicação sobre seus últimos desejos, a não ser o lugar onde queria ser enterrado, mas com esse telefonema, pela primeira vez desde a morte dele, tive a impressão de ter feito algo útil ao prestigiar a primeira parte da sua vida, durante a qual, provavelmente, ele tinha sido feliz.

Foi na volta das férias, começo de setembro. Percebi logo de cara. Ele tinha ouvido a porta de baixo bater e, como sempre, se aproximou da porta de entrada com a cadeira de rodas e me estendeu o braço sorrindo: "Aaaaah, olha só quem chegou!". Encontrando refúgio em sua clavícula, meu nariz enfiado no algodão perfumado de sua camiseta, disse a mim mesma é isso, vamos lá, e o abracei com mais força do que de costume. Ele estava usando a máscara: eu sabia e ele sabia. A máscara. Aquela com a qual a morte ridiculariza as pessoas antes de levá-las, como se precisasse reconhecê-las mais facilmente. Aquela que ele tinha visto na mãe dele, na esposa, no rosto das pessoas com quem cruzou ao acaso pelos corredores do hospital e em muitas outras. Um dia ele tinha me dito: "Eu sei quando as pessoas vão morrer. Na Renault, percebi que o Fernand estava doente sendo que nem ele mesmo sabia. Lembra do meu amigo Fernand? Foi um câncer de garganta, levou ele rapidinho. Sabe aquela pele pálida com as maçãs do rosto saltadas... Pois é, isso significa que você está fodido".

Ele se afastou para recuperar o fôlego, talvez um pouco incomodado. Coloquei minha bolsa no chão e falei: Estou morrendo de sede, tá um calor de louco, preciso de água, e corri para a cozinha. Ele deu meia-volta empurrando a cadeira de rodas com dificuldade, soltou a mangueira de oxigênio que tinha ficado presa nela e seguiu para a sala me fazendo as perguntas de sempre: E as férias? Aproveitou bastante? O que vocês comeram? Não passaram muito calor? Espera, pai, já vou, estou tomando água e vou lavar as mãos. Nenhuma bagunça assustadora sobre a mesa da cozinha, nenhuma panela cheia de macarrão embolorado no fogão, só a caixa de remédios, uma xícara de café frio bebida até a metade, um copo em cima de uma folha de papel-toalha dobrada em quatro, embalagens de Efferalgan e um único prato sujo na pia. A faxineira tinha vindo, mas mesmo assim... Enchi um segundo copo de água e me juntei a ele na mesa da sala de jantar, onde ele estava terminando, sem acreditar, um jogo de palavras-cruzadas nível difícil diante de duas velas pequenas já derretidas pela metade e a foto da minha mãe. A última foto dela. Ela está doente e força um sorriso vestindo sua camiseta polo branca. Uma foto de identidade, ampliada e pixelada, mal posicionada numa moldura de madeira clara em que ele tinha colado porcamente um raminho de buxo — *a paz de Cristo*. O vidro que protegia a foto estava grudento porque, toda noite, ele dava um ou dois beijos depois de um pequeno ritual murmurado com combinações de "eu te amo" e "mamãe". E então, docinho, me conta. Baixei o som da TV e, endireitando as pilhas de receitas e boletos, fiz um resumo. Falei da vegetação mediterrânea e do maciço de La Clape, das cigarras, dos pântanos ao anoitecer, dos loteamentos que devoravam a paisagem, da louca do parque de diversões que colocou um quilo de chantili no meu waffle, da mãe da Félicie que costumava brigar com os vizinhos, da montanha Negra e da abadia de Villelongue. Ah sim, obrigado pelo cartão-postal, fiquei muito feliz, a natureza em volta parece ser muito bonita. Mas em vez do sempiterno: E vocês foram a algum *petit restô*? Comeram ostras, *moules frites*? Que delícia uma boa tigela de *moules frites*. É difícil preparar *moules frites*?, ou do engraçadinho: E aí, você achou um rosário de diamantes pra mim?, ele tirou os óculos de tartaruga que o deixavam com olhos de rã e me olhou: Estou com a cara estranha, né? É, você não parece super em forma, não. Ele estava pálido, amarelo e cinza, com o rosto marcado. Não sei o que eu tenho, estou me sentindo muito cansado, ele disse passando a mão de forma vigorosa pelo rosto, como se quisesse apagá-lo. Nós dois sabíamos muito bem o que ele tinha. Sua barriga tinha crescido de forma desmedida, embora ele não tivesse comido quase nada nas últimas semanas. Ele levantou a camiseta para me mostrar. Falei: É, isso não está legal. Você está dormindo? Está tomando calmantes? Quase nada, não tenho coragem de me deitar porque fico com medo de sufocar, e com os remédios que estou tomando acabo esquecendo das coisas. Interrogando-o um pouco mais, descobri que ele estava desse jeito há pelo menos uma semana e que tinha me esperado para ligar para o médico. São quase sete horas da noite, o consultório deve estar fechado, amanhã a gente telefona, não se preocupa, não deve ser nada grave. Enquanto isso, por desespero, resumimos tudo que não ia bem e ele anotou num pedaço de papel para que a médica não se safasse com uma prescrição de ansiolíticos ou de analgésicos. Encontrei esta anotação quando organizava as coisas dele: "Estou com 35,8 graus", "Tenho sono", "Fraqueza", "Falta de apetite", "Dor na lombar", "Dor de estômago", "Talvez vitamina C". Examinando a grafia, me dou conta de que ele devia estar sofrendo ainda mais do que demonstrava: sua escrita, normalmente cuidadosa, fina e firme, agora não passava de letras suaves e imprecisas, traçadas com um esforço evidente, um pouco como um fio tentando se manter esticado. De maneira geral, ele nunca se queixava de dor, a não ser em casos extremos, e era sempre difícil saber qual era o grau da dor. Sofria de úlceras nas pernas desde a adolescência e tinha desenvolvido uma resistência quase sobrenatural a elas. Eram velhos amigos: ele sabia conversar com elas, fazê-las se acalmarem. Recém-amputado, balançando um cotoco como um peru costurado, ele encontrou uma forma de nos dizer: Estou com um pouco de dor, mas vai passar, de pouquinho em pouquinho, devagarinho. Nenhum gemido escapou de seus lábios e, depois de mais ou menos três meses, ele começou a traficar haxixe com o jovem motociclista com quem dividia o quarto no centro de reabilitação. Ele comentou sobre isso comigo, como quem não quer nada, quando minha mãe desceu até a cafeteria: "O que é essa resina escura que vocês enrolam com tabaco? Isso é perigoso pra saúde? Eu não quero correr nenhum risco". Riscos... A gente rodava duzentos quilômetros, três vezes por semana, para visitá-lo no cu do Judas do Oise e ele queria saber se a droga fazia mal pra saúde! Fiz uma careta e forneci as informações solicitadas. Vê se toma cuidado, não é muito prudente voltar a fumar. Foi também nessa época, depois de um longo período de abstinência, que ele descobriu que a morfina e, em menor escala, a codeína eram excelentes substitutas para o álcool. Quando eu era pequena, ele costumava me esperar no estacionamento, dentro do carro, enquanto eu ia comprar vinho para ele no mercadinho do bairro. Adulta, subi de nível e me tornei a traficante oficial de opioides da farmácia. Meu pai, um drogado.

Ficamos em silêncio por um momento e olhamos pela janela aberta. Na praça da prefeitura havia novos canteiros de flores. Naquele verão, o município tinha preferido, às habituais petúnias, uma decoração minimalista feita de plumas, pedaços de ardósia e esculturas pavorosas em ferro oxidado. O que será que passa pela cabeça deles para imaginar essas coisas, hein? Uma mulher gorda de salto alto, num conjunto violeta apertado, passeava com um cachorro tão roliço e cansado quanto ela. Você viu essa mulher com esses *joelhos de aço*? Rimos. Adolescentes passaram de patinete. O dia estava chegando ao fim. A vida, feia e ao mesmo tempo cômica, seguia seu curso numa noite de setembro, na praça da prefeitura, em Carrières-sous-Poissy. E era terrível. Com quem eu iria me divertir a partir de agora?

Ele disse: Bom, vou dar uma olhada nas notícias. Sugeri ovos fritos e *ravioles* de Roman para o jantar e o deixei sozinho por alguns minutos na frente da TV. Arrumei a mesinha com uma bela toalha e taças. Levei para ele suas duas facas superafiadas, a tábua de madeira, o dente de alho, o pote de picles, água com gás, mostarda, sal, quatro tipos de vinagre, uma garrafa pequena de bordeaux, pão macio e, numa bandeja, todas as coisas de que ele gostava e que normalmente eu era obrigada a voltar na cozinha vinte vezes para buscar. Mas, nessa noite, ele não pediu nada em particular. Nem mesmo cortou o alho. Engoliu os ovos sem qualquer prazer, recusou o vinho. Ele fazia caretas e respirava com dificuldade enquanto, na TV, uma cretina de terno pastel falava da volta às aulas. Eu me senti triste e boba: por ter presumido que ele tivesse força e apetite, por ter produzido essa encenação absurda sem me dar conta, tipo a última refeição. Falei: Bom, não precisa forçar se você não está com fome, tenta se deitar um pouco agora que estou aqui. Prefiro me sentar na minha Everstyl e depois a gente inclina. O.k., como quiser. Arrumei tudo em alta velocidade para poder instalá-lo. Abri bem a janela, aumentei a dose de oxigênio para que ele pudesse fazer esforço, liguei o controle da poltrona confortável de capa lavável, vendida por uma fortuna às pessoas que vão morrer em seis meses. Umas porcarias de poltronas: no site *Le Bon Coin* dá para encontrar centenas, fotografadas em ambientes escuros, de todos os ângulos e em todas as posições. Vende-se maravilha arrogante de sofisticação mecânica para corpo decadente em estágio final. Pouco usada. Preço negociável.

No estado de cansaço em que ele estava, mais do que nunca a manobra demandou a habilidade de um equilibrista, e, se pudesse ter dado a ele minha perna esquerda e meus pulmões, eu o teria feito. Quando ele se sentou, apertei os botões "cabeça" e "pés" até encontrar o melhor ângulo. Mexi e remexi nos botões, delicadamente, para ver se arrancava um sorriso dele, mas não funcionou. Ele já estava dominado pela ansiedade do que ia acontecer. Ele me puxou para si. Me dá uma bitoca. Eu o abracei e beijei sua testa dizendo: Vai ficar tudo bem, pai, o médico vai falar o que temos que fazer. O que mais eu poderia dizer? De toda forma, era impossível imaginar o que viria depois, tanto para ele quanto para mim. Cobri-o com uma manta macia e fui lavar a louça. Depois assistimos à TV juntos sem dizer nada em particular e de mãos dadas. Era tarde demais para grandes declarações. No final das contas, eu sabia o suficiente. Em geral, para nos protegermos do rumo imprevisível e desagradável que os acontecimentos às vezes tomam, tínhamos a ternura. Mas, nessa noite, ela pareceu insuficiente. Um pouco mais tranquilo, ele acabou pegando no sono por pelos menos duas horas. Depois quis se deitar na cama e, enquanto, sufocado, ele retomava o sono de onde havia parado, me deitei ao lado dele por alguns instantes. Para agir como uma barreira, para proteger suas costas da noite e da corrente de ar, assim como ele tinha me protegido, à sua maneira, do desânimo e da dor de viver, carregando tudo isso no meu lugar e, desse modo, deixando-me livre para não pensar muito no assunto. Logo eu estaria sozinha para lutar contra tudo isso, mas, por ora, só importava sentir o calor dele, o seu cheiro, e ouvi-lo respirar. Ainda.

De manhã, tive que sair para trabalhar. Eu poderia ter ficado com ele, fingir que estava doente ou simplesmente dizer que precisava dos vinte e um dias ironicamente previstos pela lei para "acompanhamento de uma pessoa no fim da vida", mas só de pensar em propor isso à chefe do RH, uma quinquagenária sádica de óculos meia-lua, eu já me sentia sufocada. Além disso, na realidade, essa obrigação de sair para realizar uma tarefa, ainda que monótona e entediante, me permitia ficar com a cabeça fora d'água: minha vida tinha um sentido, uma direção, uma linha de fuga, ela não se afundava devagar na direção da morte e do esquecimento. Afundar, mesmo que momentaneamente, estava além das minhas forças. Eu queria pegar o trem, retomar meu trabalho de merda no formigueiro, rir feito idiota com meus três amigos em volta de uma tigela de amendoim, voltar para casa e fingir que nada estava acontecendo.

Era terça-feira. O médico veio no mesmo dia e o mandou direto para o hospital para fazer uma ressonância. Ele ficou internado. Sua barriga tinha sido invadida pela ascite, que precisaram puncionar todos os dias desde então. Minha tia se encarregou da transferência, da administração, da correspondência, e eu vinha todas as noites depois do trabalho. Com a barriga de fora, ele parecia uma baleia encalhada de onde saía um monte de tubos. Litros de líquido infeccioso escorriam num grande jarro de vidro ao pé da cama enquanto seus pulmões, descomprimidos, reencontravam o espaço necessário para voltar a encher. Nos primeiros dias ele ficou confiante, como costumava ficar, e nossas conversas foram estranhamente banais, como se estivessem presas na superfície: O que eu tinha comido? eu tinha tido um bom dia? o trem estava muito cheio? Eu respondia de forma vaga e depois rebatia a bola para ele: Você comeu? A punção te alivia um pouco? Quer que eu refresque um pouco seu rosto? Ah, sim, por favor, com uma luva e o sabonete de lavanda, mas eu queria mesmo que você me barbeasse com o barbeador elétrico, precisa fazer pequenos movimentos circulares subindo, tá, e estica a pele, isso, assim. Essa história de barbear tinha virado uma obsessão, mas eu entendia o fato dele querer ficar com uma boa aparência. Talvez no fim da linha, mas de cara limpa. Com muita coragem, tentei esticar a pele com os dedos polegar e indicador, como explicado, para remover a camada de lixa branca que colonizava a bochecha e a parte de cima do pescoço dele. Eu ia e vinha, sem apoiar muito forte para não irritar ainda mais seu corpo já sofrido, mas só obtive resultados medianos. Nas bochechas e no canto dos lábios, numa pele já vermelha, alguns pelos resistiam. Eles se contorciam, apesar de todos os meus esforços para eliminá-los, e eu suspirei por ter que deixá-los ali, um pouco indignada por eles me desafiarem com tanta insistência enquanto a vida estava em franco declínio.

À parte isso, ele ocupava o espaço por meio das suas loucuras habituais: Abre a janela, mais um pouco, menos, um pouco mais, não, mais um pouquinho, mais; fecha a persiana, um pouco menos, sobe mais, desce, mais um pouco, só mais um tiquinho. Eu esbravejava.

Na noite seguinte, livre do dreno, ele recobrou um pouco da energia e insistiu em caminhar no corredor. Ajudei-o a colocar a prótese, que se tornara dez vezes maior, a perna de plástico cor de carne e o único sapato, e depois a se levantar. Ele saiu às pressas do quarto 302 estalando as muletas. Eu o segui o melhor que pude, segurando o suporte de rodinhas com uma mão e o balão de oxigênio com a outra. A imagem daquele velho pernalta depenado e com a barriga enorme, vestindo apenas uma bata cirúrgica de algodão com estampas azuis e uma cueca toda desbeiçada, assustou uma vovozinha que caminhava devagar por ali. Aquele estilo ridículo, aquela ausência de incômodo físico na maneira de se apresentar ao mundo era ele sem tirar nem pôr: com sua simples presença, ele vandalizava o imaginário das secretárias e dos contadores, esfregava na cara deles, num instante, a inutilidade dos esforços deles para parecerem ser alguém no mundo limitado que lhes era oferecido. Essas performances punk às vezes eram acompanhadas de frases absurdas que, parecendo surgir do nada, completavam a incredulidade do interlocutor. Em outras circunstâncias, se ele tivesse visto a vovozinha fugir pra dentro do quarto, talvez tivesse sorrido e falado um sonoro "Fica com a gente, vovó, vamos preparar umas panquecas!" para aterrorizá-la de vez. Mas tinha passado o tempo do bom humor e do impacto sobre os outros. Acho que ele estava tentando fazer um breve balanço do que ainda estava funcionando na sua mecânica corporal: se ele ficava em pé, se os membros obedeciam, é porque ainda havia esperança. Infelizmente, a maratona terminou na máquina de café, cinquenta metros depois, em um estado de considerável falta de ar, e tive que ir correndo buscar a cadeira de rodas. Desviando de carrinhos de medicação e de sacos de lençóis para levá-lo até o quarto, eu rememorei as brincadeiras que ele fazia com os outros pernetas nos amplos elevadores do Grande

Centro Monoperna. "Você também acordou assim?" ele perguntava com um sorriso, dando a entender que essas infelizes mutilações eram menos o resultado de um estilo de vida deplorável e mais uma grande obra de um cirurgião maníaco. Ninguém nunca respondeu. Meu Deus, como eu ia sentir falta do humor dele.

Depois de um tempo, o silêncio das enfermeiras e das auxiliares de enfermagem sobre o estado do paciente se tornou realmente suspeito. Elas se contentavam em cuidar, trazer este ou aquele remédio e dizer "até daqui a pouco" com um sorriso convencional. A cada pergunta, elas se esquivavam com um "Vocês podem conversar sobre isso com o médico". Mas até ali, a única coisa que eu tinha visto do médico havia sido uma vaga assinatura. No dia seguinte, tentei obter informações. A tática consistia em interrogá-las separadamente cada vez que elas passavam, perguntando "e você, o que acha?" até chegar ao elo mais fraco: a pessoa, um pouco mais humana e livre que as outras, que aceitaria dar sua opinião pessoal em voz baixa e de portas fechadas. Consegui encontrá-la: ela se chamava Sandrine e, apesar de jovem, parecia ter vivido muitas vidas. Em poucas palavras e por meio de alusões, olhando-me diretamente nos olhos depois de se certificar de que eu não a deduraria para o médico, ela deu a entender que as coisas iam muito mal e que no estado dele, que era muito grave, o importante era que ele não sofresse. É verdade que eu teria gostado de obter mais detalhes, como por exemplo o quando e o como. Porque os detalhes, moça, nos ajudam a manter um foco, permitem que vejamos a coisa chegar, que nos acostumemos a ela, que a antecipemos, que bolemos um plano. Eu também teria gostado que alguém usasse a palavra que correspondia à situação, um verbo de duas sílabas, fácil de pronunciar e de conjugar, tipo: eu morro, tu morres, ele morre, nós morremos, vós morreis, as pessoas morrem. Sabe, moça, isso não assusta a gente, acredite em mim, já vivemos essa situação antes. Guarde suas hesitações porque agora realmente não temos tempo para tergiversar. Mas eu disse obrigada, muito obrigada pela sinceridade, assim já posso ter uma ideia.

Então, o que a moça te disse? Nada demais, pai, perguntei a que horas terminam as visitas, porque o Jean-François disse que vem sexta à noite. Ah sim, o médico vai passar amanhã pra te ver. Ah, que bom. Acho que as coisas estão melhorando, espero que ele me libere pra voltar pra casa.

Assim que retiraram a sinistra bandeja da refeição e escondemos a sobremesa na mesa de cabeceira, jogamos um novo jogo intitulado "Encha a garrafa". Ele estava tomando diuréticos e o proibiram de beber além de uma certa quantidade de água. E faz sentido, antes de morrer de vez é melhor começar por morrer de sede. Na cama, com o burburinho desagradável do noticiário local do jornal *19/20*, ele me disse: Me serve um copo d'água, por favor. Servi. Ele tomou numa golada só. Depois disse: Mais um. Enchi mais um copo. Mais. Claro, pai. Agora sabe o que você vai fazer? Vai encher a garrafa... Fiz uma careta de reprovação. Não queria entrar nesse jogo. Suspirando, respondi que não era prudente e que a enfermeira tinha deixado isso claro. Ela não vai saber de nada, olha, você me serve mais um copinho e depois enche a garrafa até o mesmo nível em que ela estava há pouco. Ele insistiu, eu recusei. Ele insistiu de novo. Falei: Você está exagerando. Ele disse: Vai, tenha compaixão. Falei: Não começa. Resisti mais um pouco, mas em menos de um minuto servi outro copo e de repente me vi de frente para a pia do banheiro. Enchi a garrafa e a coloquei na frente dele. Era uma garrafa feia, arranhada, sem graça, opaca, medonha. Tão medonha quanto a situação. Tem água demais em comparação com o que tinha antes. Dei meia-volta e derramei um pouco da água. Ah, mas agora não tem suficiente, ela vai ver. Enchi de novo. Não, tem um pouco demais. Esvaziei. Mais um pouco. Essa história da garrafa estava começando a me irritar de verdade. Esvaziei de novo e, no caminho, baixei a tampa da privada fazendo bastante barulho por pura irritação, sem entender direito por que um homem de setenta e sete anos à beira da morte deveria temer as censuras de uma enfermeira, por que eu me submetia a encher e esvaziar uma garrafa sem um motivo plausível e contra qualquer sensatez e por que, desde sempre, ele me fazia interpretar esse papel. Tentei analisar isso de todos os ângulos, mas não conseguia entender a metáfora. Acabei pensando que não existia nenhuma metáfora e que eu era apenas, e desde sempre, o membro que lhe faltava e que no centro dessas falsas trocas decididamente só existia ele. Fechei a porta do banheiro de um jeito um pouco barulhento demais, coloquei a garrafa de um modo agressivo sobre a mesa de rodinhas. E agora? O nível está certinho? Você está irritada? Dá pra ver que você ficou nervosa. Você é igualzinha à sua mãe... agressiva, impaciente... Falei, cerrando os dentes: Não sou, não, não estou nem um pouco nervosa, mas agora preciso ir, meu ônibus vai passar em dez minutos e se perder vou ter que ir a pé até a estação. Ele se acalmou. Tá bom. Vai com cuidado, tá? Mas antes de sair abre um pouco a janela, por favor, estou com muito calor. Um pouco, um pouco mais, um pouco menos, não, mais um pouco... perfeito! Bom, tchau, pai, até amanhã. Dei um beijo nele sem olhá-lo. Em menos de dez segundos vesti meu casaco, peguei minha bolsa e saí do quarto batendo a porta. Ele ia morrer e, como sempre, tudo o que eu queria fazer era: ir embora. Ir embora o mais rápido possível, antes que a neurose e as angústias dele me contaminassem ainda mais.

No dia seguinte, ele me telefonou perto das três horas da tarde. Não era comum ele me ligar no meio da tarde. Meus colegas estavam cientes da situação, mas como a história não lhes dizia respeito diretamente todos seguiram com seus afazeres usando fones de ouvido. Eu não queria despejar meu sofrimento num espaço aberto. Minha função subalterna, que consistia em editar artigos sobre dramas familiares e desaparecimentos misteriosos que regularmente pontuavam as páginas "Vida prática" dos jornais, já me posicionava, nesse negócio de "família", do lado dos incapazes e passivos. Uma crise de choro inesperada, ainda que justificada, me faria perder o pouco crédito que tinha ganhado de tanto me preocupar com o emprego correto de advérbios e ponto e vírgulas. Salvei as preciosas correções feitas em "Cinco dicas para manter um gato saudável" e corri para o banheiro para poder atender a chamada a tempo. Foi ali, diante da pia de mármore rosa e dos espelhos de brilho saudável, que a realidade me cuspiu seu ácido na cara. Sua voz estava firme e articulada, a voz de ocasiões especiais. E foi direto ao assunto: Minha filha, estou ligando pra dizer que falei com o médico e que estou fodido. Como assim está fodido? O que ele disse? Ele disse que deu metástase pelo corpo todo e que não tem mais cura. Ele sugeriu fazer químio, mas eu recusei, não vai servir pra nada. Segundo ele, tenho pouco tempo. Bom, era isso que eu tinha pra dizer. Eu fiz um cheque pra você, e também um pro Jean-François e um pra Claudine, assim fica mais fácil pra todo mundo. Eles já estão prontos, guardei na gaveta da mesa de cabeceira.

    Estava tudo tão claro que não consegui pensar em mais nada para dizer. Só dobrei os joelhos até me sentar no chão, debaixo da pia. Tudo em mim se retorceu como se eu fosse uma esponja sendo espremida. Também não consegui dizer nada sobre essa história de cheque. Isso também era a cara dele. Você levou um pé na bunda? Vou te dar um cheque. Está deprimida? Toma um cheque. Não sabe o que vai fazer da vida? Um cheque. Essas somas, que eu mal conseguia sacar, ainda assim me deram a oportunidade de me mimar em períodos sombrios. Isso não resolvia nada em profundidade e não substituía um bom conselho, mas me permitia dar um passo atrás, pensar um pouco menos nas contas, ter certa liberdade de movimento. Ele não se metia nas nossas vidas, deixava a gente agir como bem entendesse, sem julgar nem punir, imaginando talvez que minha mãe já tivesse feito o trabalho por dois ou, mais simplesmente, incapaz de nos dar uma direção concreta, já que nem ele mesmo tinha uma. Em muitas ocasiões teríamos claramente preferido a opinião dele ao seu apoio, palavras em vez de dinheiro, sobretudo porque às vezes esses cheques pareciam uma compensação sem que a gente soubesse ao certo o que estava sendo compensado. A vida é uma desgraça. Um cheque. Você me aturou por quatro dias. Um cheque. Você é assediada por uma louca bipolar. Um cheque. Você quebrou o punho. Um cheque. Matei sua mãe de tanto irritá-la. Um cheque. Passamos um excelente fim de semana juntos. Um cheque. Você vai sair de férias. Um cheque. Eu vou morrer. Um cheque. Eu dizia a ele que não precisava, que eu tinha um emprego, que cuidar dele era normal, que eu não precisava de recompensas, mas ele insistia. Não quero que você fique dura, sem dinheiro. Vivi tão sem grana na juventude. Fiquei sem nada. Pega, não precisa usar. Seja econômica, prudente e, sobretudo, desliga direito o gás.

Pronto, estava na hora. Todo mundo desceu do Kangoo mostarda de Jean-François, um utilitário bem pouco confortável com amortecedores cansados que nos fez sentir muito bem cada buraco e cada relevo do caminho, como se nos avisasse que a gente seria sacudido nesse dia morno e nublado. Alguém colocou na rádio France Info para manter as emoções no nível mais baixo e o trajeto foi feito num relativo silêncio, só interrompido pelas elucubrações infantis do meu sobrinho. Ele estava inquieto e fazia o possível para dar a impressão de ser adulto, usando palavras escolhidas para fazer perguntas técnicas sobre a maneira como as coisas iam acontecer. A gente vai ver o vovô mais uma vez? Com que cara ele vai estar? O caixão vai estar aberto? Começamos explicando que certamente a alma do vovô já tinha partido e que só íamos acompanhar a roupa de carne dele até o cemitério. Expliquei que tinham-no colocado numa geladeira para que ele não ficasse todo murcho como uma batata velha, pensando que isso o ajudaria a entender melhor. Também disseram que ele não era obrigado a ver o interior do caixão e que ele poderia esperar do lado de fora com a mãe. Ele apenas assentiu seriamente com a cabeça, e com toda a delicadeza que as crianças conseguem ter, guardou para si as perguntas seguintes sobre a causa da morte, o lugar para onde as almas iam e para fazer o que lá.

Estávamos todos na estica. Cada um vestiu a roupa sombria que lhe parecia corresponder à situação. Meu irmão, por exemplo, colocou o casaco de couro dos seus vinte anos, que, por uma espécie de milagre, ainda lhe caía superbem. Ele tinha emagrecido bastante nos últimos meses, por causa de uma nova e brutal paixão pela marcha atlética que tinha surgido havia alguns meses sem que a gente soubesse bem o motivo — cada um vive segundo sua capacidade. Quanto a mim, vesti minha mais bela camisa branca e peguei um guarda-chuva preto comprido, com o qual eu me surpreenderia mais tarde fazendo amplos e inúteis movimentos. Percorrendo os cinquenta metros que separavam o estacionamento da câmara funerária, todos vestidos de preto, por um breve instante tive a impressão de que íamos assaltar um cassino. Pelo lado de fora, com meu pai e meu irmão, antes da minha mãe me raptar para fazer de mim uma menina, sempre tive esse sentimento quase físico de pertencer a uma horda poderosa e respeitada para além das fronteiras do reino, a um bando de indivíduos selvagens com corpo de huno, brutais, mas justos, reunidos pelo acaso e pela necessidade para enfrentar os golpes baixos do destino. Mas na realidade éramos só um bando de bundas-moles, como os da HQ *Pieds nickelés,* vestindo um casaco Kiabi que, sem os personagens Ribouldingue, Croquignol e Filochard, corriam o risco de caminharem sem rumo pela Terra Média.

Foi o mesmo sujeito com cara de fantasma quem abriu a porta para nós. Ele caminhou à nossa frente dando pequenos passos e olhando para os próprios pés como se tudo aquilo fosse culpa dele. Na sala de espera, já havia um grande policial sinistro que carregava uma maleta, dois zumbis endomingados da funerária e a capelã laica do hospital, uma mulher pequenininha, amável e cheia de rugas que, perambulando de roupa azul-marinho pelo serviço de oncologia, se assemelhava, sem ter essa intenção, à embaixadora da morte. Contudo, ela parecia dotada de uma fé sincera, bem diferente daquelas peruas rechonchudas repletas de bons sentimentos que encontramos na saída das igrejas ou nas quermesses. Ela era dessas mulheres de cabelos escuros e secos, com olhos claros e roupas de algodão antiquadas, que chegaram das distantes comunas de Tarbes ou de Pau nos anos 1970 por meio de um concurso público, e que pareciam, já aposentadas, ter abandonado maridos, cinzeiros e reuniões sindicais para regressar a Deus. Ela tinha vindo visitá-lo várias vezes, mas, quando chegávamos, escapulia com um sorriso suave e um "eu volto logo" sempre dirigido a ele e olhando nos olhos dele. Eu tinha a impressão de que ela era uma das suas velhas amigas, perdida de vista há muito tempo. Não procurei saber sobre o que exatamente falavam, com ciúmes mas também feliz em saber que, sozinho e por conta própria, ele podia falar no ouvido de uma mulher desconhecida. Irritada também por ainda ter que lidar com uma agente de reconciliação que nos acompanhou até esse quarto para nos convencer a fazer as pazes. Nós já tínhamos assinado o armistício alguns anos antes. Por etapas. Uma primeira vez quando ele largou a bebida e todo mundo pôde retomar seu devido lugar naquela família de malucos. A guerra de trincheiras tinha enfim terminado: as perdas foram significativas em termos de alegria de viver e confiança na vida, sobretudo para o filho, mas, no que me dizia respeito, chegamos a alguns acordos. A verdadeira personalidade dele, por fim livre das roupas fedendo a álcool, emergiu: um contemplativo fino mas *gauche*, gentil mas bruto, generoso mas autocentrado, devorado pela ansiedade e pela timidez, inacreditavelmente travado. Um turista da vida. Contra todas as expectativas, o monstro era humano, vulnerável, cativante. As últimas negociações aconteceram depois da morte da minha mãe. Ele sofreu para se recuperar, mas se manteve mais ou menos firme por nós, por mim, e esse acordo até que me convinha. Porém, havia zonas cinzentas e pílulas presas na garganta: nunca, por exemplo, ele manifestou o menor arrependimento pelo que tinha feito a gente sofrer, chegando até a negar que pudéssemos carregar as cicatrizes causadas por tudo aquilo. Acho que essa mulher só o encorajou a dizer quem ele era: onde nasceu, onde trabalhou, quando se casou, de onde vinham seus pais e o que faziam seus filhos. Mas o que dizemos de nós mesmos a um desconhecido quando estamos à beira da morte? Qual é a última narrativa? Será que confessamos que, angustiados de viver, estragamos a vida de nossos contemporâneos? Ao entrar, cumprimentei-a com um simples gesto de cabeça, vagamente convencida de que ela tinha tido direito a um resumo e talvez a um pedido de desculpas, enquanto eu passava horas vasculhando os mercadinhos mirrados do bairro vizinho para encontrar bolachas BN sabor baunilha para ele.

Nos reunimos todos em volta do caixão para a antepenúltima despedida. Estávamos mais ou menos tão imóveis quanto os dois grandes candelabros sem vela colocados ali para iluminar a sala. Todo mundo olhava para o cadáver em silêncio. Flutuando sobre um pequeno forro de cetim branco, ele parecia um comungante. A capelã entonou uma oração tímida que recitamos com ela a meia-voz. Os rapazes da funerária fingiram balbuciar alguma coisa e o policial olhou pros sapatos. O silêncio retornou por alguns minutos. Tim estava na ponta dos pés e esticava o pescoço para ver o que tinha dentro da caixa. Esperei meu irmão dar o sinal da partida, mas ele não se mexeu. Ele tinha o mais estrito direito de se recusar a carregar a flâmula, tanto nesse dia como nos seguintes, mas o dia estava longe de terminar e então tomei a iniciativa. Estendi meu guarda-chuva para a laica, que, com seu semblante de esperança, de repente encarnou, por uma razão obscura, o que eu mais detestava no mundo, segura pra mim, por favor, e me aproximei do caixão. Analisei em detalhes seu rosto mais uma vez, a boca, as mãos, percebi uma desagradável mancha de gordura no casaco dele e o beijei. Duro como pedra, ele já tinha ido embora. Aliás, já estava na hora de irmos também. Os outros acompanharam o gesto, delicadamente, alguns beijando, outros acariciando seu rosto. A criança foi levantada para poder tocar o morto, mas acabou ficando com medo e quis sair. Depois da ronda concluída, o policial se abaixou nos dando as costas e abriu a misteriosa maleta que tinha deixado num canto. Ouvimos pequenos barulhos metálicos e o cara se levantou sacudindo uma parafusadeira novinha em folha. Ele avançou solenemente, segurando o equipamento como se fosse uma arma. Os zumbis levantaram a tampa e a colocaram sobre a caixa. Enquanto o zumbi nº 1 a ajustava, o zumbi nº 2 começou a ler o relatório de acondicionamento do caixão com um leve ceceio. No segundo parágrafo, o policial se aproximou e começou a parafusar. *Tzzzzz*. "A operação foi concluída..." *tzzzz* "... com todo o respeito devido aos mortos..." *tzzzzz* "... e tomando todas as medidas cabíveis em tais circunstâncias..." *tzzzz* "... em Poissy..." *tzzzzzz* "... no dia 4 de novembro de 2012..." *tzzzzz* "... pelo agente Guy Colineau aqui presente." O agente Colineau, faz-tudo de alma, acrescentou uma chancela extra de cera para ter certeza de que ninguém mais abriria o caixão e Jean-François assinou no canto inferior direito. Todos trocaram apertos de mão com um certo alívio e o zumbi nº 1 concluiu, enquanto ajustava o lado direito da franja: Encontraremos vocês na igreja dentro de meia hora. Pronto, etapa concluída. Muito ocupada com a sequência dos acontecimentos, nem consegui pensar em ficar triste.

O carro funerário já estava na frente da igreja. Nossa escolha das flores foi sóbria: o caixão desapareceu debaixo de diferentes ramos de hera que iam do verde-escuro ao amarelo-claro, com algumas gérberas e crisântemos bem espaçados. A hera é chique, mais elegante do que parece. Até cheguei a me sentir intimidada. Ia ser necessário cumprimentar, trocar apertos de mão, sorrir ao menos. Felizmente eu tinha me preparado: mandei a criança que habita em mim se trancar no quarto e não sair até anoitecer e diluí um Lexotan no café da chorona. Ela flutuava ali, perto de mim, como um fantasma, com certa indiferença. Aos outros, só permiti verem meu ser falante. Aquele que moldei durante tantos anos em bares, conversando sobre amenidades com qualquer pessoa. No estacionamento, as pessoas estavam em grupos. De um lado, a prima velha e a madrinha da minha tia, do outro, a família de Clémence; perto dos canteiros, três mulheres da paróquia e o sr. Langlois, o vizinho. A sra. T., a faxineira — que o ajudou muito durante todos aqueles anos —, estava perto da porta da igreja com o marido, um homem tão careca quanto minúsculo. Tinha também a Maria, minha única amiga da escola, e os pais dela, pessoas muito espiritualizadas cuja gentileza me tranquilizava. Finalmente, escorados no ponto de ônibus, estavam meus três amigos que Félicie foi buscar na estação. Segui primeiro na direção deles porque fiquei feliz ao vê-los. Eles me abraçaram e, para não sucumbir, comecei falando do tempo — Esfriou, né? —, ironizei a decoração e depois me desculpei de antemão pela cerimônia que estava por vir. "Sinto muito, camaradas esquerdistas, por obrigá-los a fraternizar com o inimigo. Mas vocês vão sobreviver, né?" "Não se preocupa, o padre parece ser legal e desde que a gente tome uma no fim, eu estou de boa..." respondeu o David, que sempre soube desdramatizar qualquer situação.

De fato, André atravessava a rua apressado vestindo sua alba imaculada e acompanhado de Yolande e Freddy. Fui ao encontro dele e o cumprimentei com beijos. Beijos bem barulhentos cujos estalos ouço até agora. Isso certamente foi bastante indecoroso para as velhas beatas acampadas na porta da igreja, mas foi o primeiro movimento que me ocorreu. No fundo, foi sempre assim: eu tomava certas liberdades com a Igreja e com o camarada Jesus. Além disso, um pouco de calor humano não fazia mal a ninguém pois estávamos vivos. Não tivemos tempo de trocar nem meia palavra e Rolande, a prima velha, uma mulher voluntariosa de vestido Marcelle Griffon e grandes brincos dourados, sempre muito bem-vestida, se lançou sobre ele por trás para perguntar se havia banheiro em algum lugar porque ela precisava fazer xixi e não ia conseguir esperar pois já estava com a bexiga cheia. Essa súbita avalanche de manifestações corporais, incompatíveis com a esperada solenidade do momento, pareceu realmente deixá-lo desconfortável e ele se livrou o mais rápido possível das garras dessa entidade barulhenta com uma hábil manobra com as costas. Meio seco e meio constrangido, ele apontou para o presbitério em frente, a porta azul à esquerda, você vai ver, e designou Freddy para acompanhá-la. Em seguida se afastou para cumprimentar algumas pessoas, e eu fiz o mesmo, enquanto procurava pelo estacionamento, de canto de olho, uma mulher que poderia se chamar Juliette.

Eram 14h35. André pediu para as pessoas se aproximarem e disse: Vamos lá? Os zumbis, mais numerosos do que na funerária, tiraram o caixão do carro e caminharam até a porta, seguidos imediatamente pelo padre, depois por mim e pela minha namorada. Antes de pisar no corredor central, segurei Félicie pelo braço e cochichei: Chegou o grande dia, tá pronta? Pensei que não teríamos outra oportunidade de caminhar de braços dados pelo corredor central de uma igreja, e, de certa forma, era meu pai quem me acompanhava até o altar. Ela não entendeu minha alusão, mas isso me fez rir por alguns instantes. Imaginei Eugénie, sentada de frente para o teclado e já a postos com o coral, tocando as primeiras notas da *Marcha Nupcial*. Mas não foi nada disso. Nos sentamos na primeira fila, do lado esquerdo, e Jean-François se sentou do lado direito com sua família. Quando o caixão foi colocado no centro e bem à vista de todos, Yolande, Eugénie e as matracas que as acompanhavam iniciaram "Encontrar em minha vida tua presença", enquanto André ocupava seu lugar atrás do altar, acompanhado por Freddy. Tim e a mãe acenderam os quatro candelabros em volta do caixão e começamos. A assembleia se levantou, produzindo um ruído de tecidos amassados, e André disse: Aqui estamos hoje reunidos para o nosso último adeus ao nosso irmão Jean-Pierre e para acompanhá-lo na fé de Deus em sua última viagem. Compartilhamos hoje o sofrimento de seus filhos Jean-François, Anne, Clémence, Félicie, de seu neto Tim, sua cunhada Claudine, e também de seus familiares e amigos...

Olhei o caixão, as pessoas, a foto, o coral, as velas, e foi nesse momento que entendi que nunca mais o veria. Levei as duas mãos até a boca para sufocar o soluço que tomou conta de mim e que bizarramente se transformou num gemido de lobo. Olhei para Félicie, que também estava aos prantos. Não pensei que ela fosse ficar tão emocionada. Fiz um carinho em seu rosto e ela segurou minha mão.

... Mas oremos também por Françoise, sua esposa, falecida antes dele. Uma boa mulher, calorosa e benevolente, que espalhava o bem por onde passava... Nos olhamos de novo: aquilo ia recomeçar. Durante a semana, toda vez que contei para alguém que meu pai tinha morrido, invariavelmente a resposta foi: Ah, poxa, que triste. Mas sua mãe, nossa, que santa mulher! A padeira, a vizinha, o padre e até uma velha de Carrières pra quem demos carona. As pessoas se lembrariam mais dela do que dele, mais daquela que carregou o fardo do que do próprio fardo. Era assim e era preciso se acostumar com a ideia. Era meio triste, mas essa irônica repetição nos fez sorrir por um pequeno instante.

Foi a missa mais longa de toda a história da cristandade. Nada combinava com nada, os textos eram extensos demais, curtos demais e as taquaras rachadas do coral se esgoelavam enquanto a foto do defunto escorregava lentamente dentro da moldura. André, que, descobrimos, tinha a voz e as inflexões de Michel Serrault em *Deux heures moins le quart avant Jésus-Christ* [Quinze para as duas antes de Jesus Cristo], não conseguia encontrar suas páginas, prendia as mãos nas mangas da alba, suspirava e se irritava de um jeito grosseiro com Freddy. Ele parecia agonizar e a cada movimento que fazia tínhamos a impressão de que seria o último. Ele se estendeu muito sobre suas lembranças, falou de novo da minha mãe e repetiu três vezes que não estávamos ali para fazer apologia do morto, que, era importante lembrar, tinha muitos defeitos.

Tivemos um ataque de riso depois do sermão. Normalmente, depois do discurso, o padre se senta e fica em silêncio por alguns minutos, período durante o qual nós, pobres pecadores, temos tempo de pensar um pouco seriamente em tudo o que fizemos de errado, depois ele retoma dizendo: Aclamemos a palavra do Senhor. Já André se sentou na sua poltrona e fechou os olhos. Depois de cinco minutos ele ainda não tinha se mexido. Já estávamos ficando preocupados. Algumas pessoas começaram a tossir enquanto o rosto de Freddy se decompunha. Foi Eugénie quem encontrou a solução tocando alguns acordes agressivos no teclado. André se sobressaltou e se levantou gritando: Aclamemos a palavra do Senhor. A assembleia, aliviada, respondeu de bom grado: Louvado seja o nosso senhor Jesus Cristo.

Em seguida houve a "paz de Cristo" — um momento muito estranho para os não iniciados, durante o qual cada um se dirige ao vizinho do lado para apertar sua mão —, a comunhão, o texto final e depois as pessoas desfilaram para abençoar o caixão. Todos esses pequenos rituais nos distraíram, mas ainda assim a gente não aguentava mais, já fazia duas horas que estávamos ali. Certas pessoas voltaram a se sentar, outras conversavam, a criança começava a ficar bem agitada e a prima velha começou a fazer comentários. Até que enfim, a despedida. Pronto! A missa terminou! Já não era sem tempo. Olhamos a hora: quatro da tarde. Faltavam apenas trinta minutos para o sepultamento a setenta quilômetros dali. Me virei para ver como estava a saída. A igreja estava *sold out*, lotada de gente, e havia um verdadeiro congestionamento perto da porta de entrada. Meu coração se encheu de alegria. Então meu pai era amado, e me perguntei como pude duvidar disso por um segundo sequer.

Quando chegamos lá fora, o carro funerário já estava de partida. Uma senhora de chapéu e seu marido, aos prantos, avançaram e me disseram que estavam desolados, que meu pai tinha sido uma alma nobre e que sempre se lembrariam de como ele era bom com palavras-cruzadas. Ele era um erudito, nós o admirávamos muito. Um senhor com nariz de batata veio se apresentar para mim. Émile Frappesauce. Seu pai e eu aprontávamos todas quando éramos crianças, no campo, e depois brincávamos de caçador na beira do Sena. Ele era gente boa, vou sentir saudade. Obrigada, senhor, eu também vou sentir saudades dele. Apertei mãos, sorri e disse obrigada a um monte de gente que eu não conhecia, mas que sabiam perfeitamente quem eu era. Minha tia entrou no carro funerário com os zumbis e o motorista deu partida. Tínhamos mesmo que ir. Corri na direção da sra. T. para abraçá-la, sem a senhora meu pai não teria conseguido, obrigada por tudo. Dei outro beijo estalado em André e entrei no carro de Félicie. Nossos amigos estavam no banco de trás. Jean-François, que mal tinha olhado para mim desde o começo da tarde, já tinha ido embora.

Fumamos feito loucos durante todo o trajeto. A semelhança perturbadora entre a voz do padre e a de Michel Serrault em *Deux heures moins le quart avant Jésus-Christ* não tinha passado despercebida a ninguém e David começou a recitar falas inteiras desse filme que ele conhecia de cor. Choramos de rir. "Oh, a mulher, a mulher é, oh, um ser perfeito..." Depois Cecilia me deu chocolates de presente e me mostrou o pequeno buquê de papoulas laranja que queria colocar sobre o caixão. Comemos todo o chocolate em menos de quinze minutos e, de tanto rir, David quase se engasgou com um quadradinho de pistache. No pedágio de Mantes-la-Jolie, o céu se coloriu de um belo alaranjado. O sol estava se pondo. A gente precisa mesmo correr um pouco, querida, senão vai escurecer e já estamos quinze minutos atrasados. Félicie acelerou e cinquenta metros adiante fomos surpreendidos pelo flash do radar. Valia a pena. Às vezes me pergunto como ficou a foto tirada pelo radar, porque nunca a recebemos. Ao enterro de uma folha seca/ Vão cinco caramujos/ Têm a concha negra/ E véu negro em volta das antenas/ Vão pela noite/ Uma bela noite de outono.

Demoramos mais uns vinte minutos para chegar. O carro funerário, que tinha saído antes da gente, ainda não tinha chegado, e todo mundo estava esperando no caminho de ladrilhos na frente do muro de tijolos do pequeno cemitério. O teixo gigante começava a ficar roxo, e o frio chegava enquanto o céu se pintava de tons de rosa. Coloquei minha echarpe e avistei na curva, ao longe, o sedã preto que se aproximava da gente a toda velocidade, até um pouco rápido demais dada a distância. Por um instante cheguei a pensar que, como nos filmes, teríamos que saltar para o lado para não sermos atropelados e imaginei uma manchete ao estilo *Paris--Normandie*: "Gaillon. O carro funerário termina sua louca corrida nas grades do cemitério", mas o motorista freou a tempo, com uma cantada de pneus e barulho de cascalhos, e todo mundo se afastou do muro como quem não quer nada. Em seguida os zumbis abriram a porta e tiraram o caixão às pressas. Minha tia desceu do carro rindo. "A gente se perdeu numa estrada de terra antes de Les Quaizes por causa do GPS", ela me explicou em voz baixa, "e em vez de dar meia-volta, o motorista teimou em continuar. Olha o estado dos pneus. O cara não é dos mais inteligentes. Eles brigaram, mas foi um belo passeio pela floresta. Tenho certeza de que seu pai gostou muito."

Tinha chovido bastante nas últimas semanas e o solo estava encharcado. Eles apoiaram o caixão em cavaletes na entrada principal e nos posicionaram em frente a ele junto às flores. Dados o estado do solo e a argila mumificante que o compunha, todos entenderam que era melhor não se aventurar em volta da campa aberta onde minha mãe jazia. O sr. Lecreux Pai, coveiro-chefe que estava no local, falou num tom solene. Mas, pela sua voz, logo entendemos que ele tinha tomado umas num bistrô antes de vir. Caro Jean-Paul... Um dos zumbis falou alguma coisa no ouvido dele. Ele retomou: Caro Jean-Pierre, aqui estamos reunidos para acompanhá-lo em sua última morada... Houve um silêncio que não soubemos exatamente se era intencional ou não?, e depois ele disse, como quem joga a toalha: Passo a palavra à família. Era minha vez. Enquanto eu avançava, dois zumbis se dirigiram até o túmulo e acenderam grandes lanternas, como as que assaltantes usam. Comecei a ler o poema de Apollinaire. "Este raminho de urze eu colhi/ O outono está morto, lembra-te..." Mas as coisas começaram a se complicar na minha garganta. "Não nos veremos mais sobre esta terra aqui..." Anoitecia. "Do tempo do urze..." Eu precisava terminar, mas minha boca não obedecia. "Do tempo do urze o odor senti..." Eu estava quase lá, mas não consegui. Foi Cecilia quem leu o último verso, com seu buquê na mão. "E não te esquece, espero-te." Quando ergui os olhos, já tinha anoitecido por completo.

    Devíamos ter parado por aí. Mas o querido Lecreux Pai, sem que a gente pedisse, tirou um papel todo amassado do bolso do paletó, colocou os óculos e emendou repetidas vezes, usando a lanterna de bolso: Jean-Pierre, a morte o levou para sua última viagem. Nosso sofrimento é imenso. Sua morte é uma dor verdadeira no coração e na alma, e sua partida é o início de uma nova vida num outro mundo, assim esperamos... Um lugar feito err... de amor e de felicidade que alguns chamam de paraíso... Decididamente, há uma resposta para tudo no vasto universo: um breaco teve a última palavra.

Organizamos para depois do cemitério um pequeno buffet com uns bolinhos gostosos, vinho da Alsácia e minissalsichas de aperitivo, em memória aos gostos dele. Nas refeições em família, quando havia um aperitivo, ele colocava os grandes óculos de tartaruga e se tinha uma tigela ao alcance pegava dois ou três desses embutidos e os devorava, dizendo entre duas garfadas da carne cor-de-rosa: Essas salsichinhas são gostosas, né? Melhor que um chute na barriga, não acha, depois esperava, inquieto, pela segunda rodada. A ideia de comer coisas de que ele gostava, no lugar dele, me reconfortava. Eu conhecia o sabor desses alimentos, o prazer que lhe davam, e imaginava que, por algum estranho princípio de vasos comunicantes entre mortos e vivos, esse lanche o ajudaria a recuperar as forças para dar sequência à sua viagem. Comer também era uma forma de enganar o vazio que lentamente tomava conta de mim e que eu só tinha começado a sentir no caminho para casa.

Eu quis voltar a pé do cemitério para tomar um ar, me dirigir ao morto sem testemunhas e dar meu próprio encerramento a tudo aquilo. Deixei o cortejo partir e depois comecei a caminhar a passos firmes. Mas no frio da noite, ainda assustada pela forma como a história tinha terminado, continuei colocando a mão sobre a boca como uma mordaça para impedir minha alma de gritar, e os únicos pensamentos que eu conseguia ter giravam em torno da mesma ideia: eu lamentava, poderia ter feito algo melhor, poderia ter feito mais. DESCULPA, EU SINTO MUITO. Eu pronunciava isso entre os dedos, em voz alta e repetidamente no enlameado trecho do caminho iluminado à distância por postes de luz, sem receber de volta qualquer outra resposta que não fosse o ronco estúpido de uma mobilete. Em seguida, por uma espécie de reflexo do meu corpo, comecei a correr para me livrar das garras do monstro, uma fuga desvairada de alguns segundos, um sprint explosivo, sem respirar direito, fazendo com que chaves, dinheiro e cartões voassem dos meus bolsos. E por esse breve momento foi bom me livrar de tudo. Do sofrimento, da culpa, da lembrança da voz dele no telefone me dizendo, quase sem fôlego, algumas horas antes de morrer: Vocês vão vir logo, né?, sendo que Jean-François, que deveria passar para me buscar, já estava uma hora atrasado e a gente ainda precisava de mais uma hora para chegar ao hospital. Essa lembrança me torturava mais do que todo o resto. Como a gente pôde chegar atrasado para uma história de porta a ser fechada, de persiana a ser abaixada, de feijões a serem contados, de macacos a serem penteados quando a contagem regressiva já tinha começado? Eu estava alucinada. E como era possível eu não ter tirado minha carteira de motorista aos dezoito anos, como todo mundo faz em todos os subúrbios e províncias da França? E se eu tivesse sentido menos medo de tudo, menos medo de avançar, menos medo de ir, menos medo de engrenar, tanto no sentido literal como no figurado, talvez eu tivesse dirigido sozinha pela rodovia na direção do hospital de Poissy no meu Peugeot 206 branco em vez de esperar feito tonta que alguém viesse me buscar. Como pude desperdiçar tanto tempo na vida esperando que o caminho se abrisse quando, na realidade, ele estava ali, aberto, acessível, visto que eu estava correndo por ele com toda a velocidade de que eu era capaz. É claro que tive de parar e pegar todos os objetos que tinham caído na lama no escuro.

Na casa cheia e quente, minha chegada passou despercebida. Foi até um pouco surpreendente. Nem tambores, nem trompetes, nem braços abertos. Um ou dois sorrisos, talvez, mas nada muito mais caloroso que isso. Ninguém para me esperar ou me abraçar, nenhuma clavícula contra a qual me aconchegar, nenhuma echarpe macia onde enfiar minha cara e ninguém para me dizer, segurando meu rosto entre as mãos: Vai ficar tudo bem, chuchuzinha, você vai ver. Claro, durante minhas idas e vindas à máquina de café do setor de gastroenterologia, me preparei para a ideia de ser catapultada rapidinho para o mundo dos verdadeiros adultos, aqueles que sabem o que fazer, encaram as adversidades de frente e evitam chafurdar em coisas sentimentais demais. Mas logo na volta do cemitério era cedo demais.

Na cozinha, minha tia guardava as tigelas e contava os copos. Alguém enxugava um prato perto da pia e, sentada num banquinho baixo demais para ela, a prima velha massageava os joelhos falando mal de tudo, do padre, do florista e do sermão comprido demais. Mais distante, na sala, nem vozes engasgadas de emoção, nem lenços de papel ou coriza intempestiva, nem mesmo seu nome ouvido em alguma velha história divertida. Contudo, Deus sabe que o que não faltavam eram histórias anedóticas... Na verdade, amigos e conhecidos formavam pequenos grupos unidos por discussões estranhamente inflamadas sobre assuntos que nada tinham a ver com a situação: aqui, problemas com o eixo do carro, ali, o resumo de uma semana em Lozère, acolá, elogios ao filme *Camille outra vez* e, no fundo do cômodo, o final de uma risada barulhenta modo lontra. Me esgueirando para chegar até o cabideiro, achei grosseira toda essa animação, esse entusiasmo ridículo, essa terrível maneira de não se demorar e fazer tábua rasa, incluindo o buffet onde só restavam umas pobres salsichinhas quebradas e cheias d'água, metade de uma baguete cortada de atravessado, um pedaço de queijo brie amolecido e uns farelos de bolo. Pois é, menina, nem flores, nem coroas, nem carinho, nem bolo: chega de brincadeira. E também já tinham começado a limpar tudo, então peguei *in extremis* um fundinho de *gewurtz* num copo abandonado e tentei me enfiar no grupo "filme" com um sorriso valente.

A repentina aproximação da minha pessoa sofredora provocou uma espécie de movimento de recuo e uma pausa bizarra na conversa, que foi retomada alguns segundos depois. Nossa, eu adorei o momento que. Sim, eu também, foi emocionante. E a cena em que, foi demais. Você viu o filme, Annette? Levei o copo até a boca para ganhar tempo e encontrar algo de interessante a dizer, mas não consegui pensar em nada muito relevante. Sim, gostei muito. Principalmente quando ela grava os pais cantando "Une Petite Cantate" da Barbara para ter um registro da voz deles no futuro. Houve uma nova pausa. Me olharam com carinho, inclinaram a cabeça, suspiraram, transmitiram pensamentos por telepatia e então o bastão da fala foi passado a outra pessoa.

De repente me senti cansada, exausta a ponto de querer me jogar no chão, minúscula, estranha e sozinha, como acontecia muito nessa família que sempre tinha dramas mais urgentes a resolver do que saber como eu estava. Então caminhei para o sofá situado ao lado do grupo "fumantes perto da chaminé", composto essencialmente por meus próprios amigos, e tentei desaparecer cobrindo a parte de cima do corpo com uma almofada bege com estampas de caxemira. Perdida na fumaça e ninada pelo murmúrio das conversas, fiquei remoendo por um momento a sensação de ser uma convidada na minha própria casa.

David, que deve ter visto minha cara, veio se sentar comigo no sofá. Tá tudo bem, querida? Se você tá tentando se esconder no meio da decoração, já te aviso que não rolou: essa camuflagem é péssima e esse bege é horroroso. Sorri. Bom, você tem um lápis e um papel? Quero te mostrar um negócio que aprendi na aula de chinês. Fucei nas gavetas da mesa de centro à nossa frente e encontrei um lápis roxo todo mastigado e um envelope antigo aberto. Ele começou desenhando uma coisa parecida com um pente com três dentes, depois, embaixo, um grampo com a ponta esquerda esticada, depois, mais embaixo, dois traços verticais com um sorriso em forma de parêntese e, finalmente, o número 17, torto como se tivesse apanhado. Esse ideograma significa amor. O.k., respondi aliviada em poder me concentrar em algo que não fosse doença, morte e toda aquela sinistra tropa de significados. Olha, este rastelo aqui com três dentes na verdade é uma mão, o.k.? O.k. O negócio dentado embaixo é um teto, o rosto embaixo dele é o símbolo do coração, e o número 17 torto significa a pessoa que respeitamos, ou o amigo, o.k.? O.k. Eu não estava entendendo muita coisa, mas fazia que sim com a cabeça. Então, de forma bem genérica, o amor significa proteger com a mão o coração de uma pessoa que você respeita, o.k.? O.k., respondi mais uma vez enquanto a mensagem bonita que ele me passava como quem não quer nada pouco a pouco ia abrindo caminho até o meu cérebro. E sabe qual é a maneira mnemotécnica que os professores usam para se lembrar de como compor esse caracter? Bem, é simples. Num outro pedaço da folha, ele redesenhou o pente com três dentes. Isso é a chuva caindo do céu, logo abaixo dela, o teto, é um guarda-chuva, e mais embaixo ainda, é o coração do seu amigo. Então a amizade é isso. É proteger o coração do seu amigo da chuva e das intempéries. É realmente superbonito esse ideograma, consegui articular com a voz bem baixinha enquanto duas lágrimas grossas já escorriam pelo meu queixo. Então David me segurou pelos ombros, me sacodiu um pouco, como se quisesse tirar o resto do sofrimento que ainda estava na minha carcaça de pega-varetas, e me deu um beijão na testa. Você vai ficar bem, meu chuchu, é difícil, mas você vai conseguir.

A festa de despedida foi chegando ao fim, as sobras do buffet foram embaladas em plástico filme, os copos, guardados, e alguém passou um aspirador de pó portátil na toalha de mesa cor de outono. Alguns tímidos "Bom, a gente já vai" começaram a ecoar, contaminando imediatamente todo o grupo. Os parisienses se dirigiram aos seus carros. Alguns iam a uma manifestação na frente da Assembleia, mas já eram seis horas, o trajeto seria longo, estava frio, escuro e a gente sabia bem que haveria outras ocasiões para entoar, segurando cartazes, os slogans endereçados aos deputados homofóbicos. A empreitada logo caiu por terra porque todo mundo queria mesmo era chegar em casa e se deitar no quentinho, de pijama, vendo o filme da noite, longe das injustiças do mundo e dos cemitérios interioranos. Então entreguei casacos e echarpes, abracei, agradeci, beijei bochechas perfumadas e outras que pinicavam, sorri o tanto que consegui, evitando tropeçar internamente em tentativas de narrativas a respeito da "partida dos entes amados", cruzei os braços esperando os faróis se acenderem e os carros partirem, agitei a mão em resposta àquelas que saíam furtivamente das janelas entreabertas no meio da noite. A gente tá indo, boa sorte com tudo. Pode ligar se precisar de qualquer coisa. Obrigada, o.k., vão com cuidado, beijos. A gentileza sincera deles me comoveu, mas ao me virar para entrar em casa, pensei em tudo de que realmente ia precisar.

Boa noite, estou te ligando, como você ofereceu, porque preciso que você me faça rir para esquecer este buraco em que estou caindo em espiral. Oi, estou te incomodando? Estou ligando porque preciso que você vá trabalhar no meu lugar por um mês, só o tempo de eu me recuperar, isso, é em Issy-les-Moulineaux, *nine to five* sem férias nem licença pagas por royalties, você vai ver, a chefe nem sempre tá de bom humor, mas é uma mulher inteligente. Boa noite, não sei como dizer pro meu irmão que ele precisa deixar um pouco de espaço para ficarmos tristes em vez de preencher todo o espaço com seu grande corpo inflamável e sua inextinguível frustração, você não quer ligar pra ele? Boa noite, eu gostaria que com uma daquelas frases sinceras, que você conhece tão bem, você me absolvesse da culpa que continua me atacando. Boa noite, sei que já tá tarde, mas é que pensei no que você ofereceu da última vez e eu queria que você me levasse pra longe daqui, por exemplo, pro alto de alguma cidade. A gente observaria as luzes enquanto fumaria, sentiria um pouco de frio, mas teria casacos bem grandes com cheiro de cigarro e de amaciante, e depois dormiria em algum lugar, pode ser um hotelzinho duas estrelas bem simples. Você cuidaria de mim enquanto eu durmo, me fazendo um cafuné, e de manhã a gente dirigiria a esmo por paisagens aleatórias até que minha tristeza se esgotaria e eu voltaria a ter gosto pelas coisas. Você acha que rola? Pode ser amanhã ou agora mesmo, você tá livre agora? Ah, não pode, tem aula de ioga? Ah, tudo bem, sem problemas, eu entendo, a gente se fala mais tarde. Boa noite, estou ligando porque preciso saber o que fazer com a minha vida e para que lado ir a partir de agora para ser digna do que me foi deixado sem me perder em um caminho que não é meu por lealdade a um passado que, no fim das contas, me atrapalha. Você não tem nenhuma ideia? Não? Bom, deixa pra lá, eu me viro.

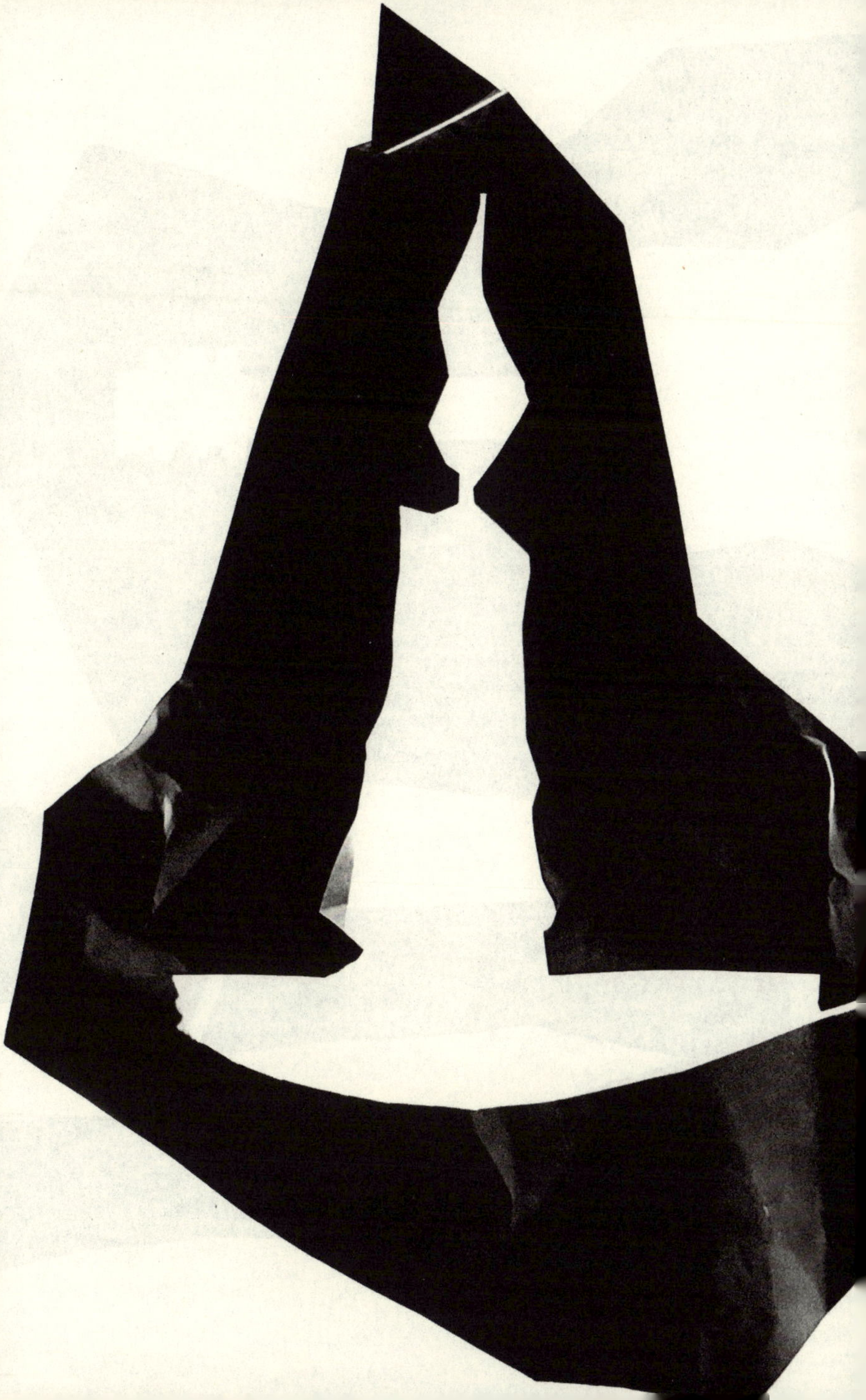

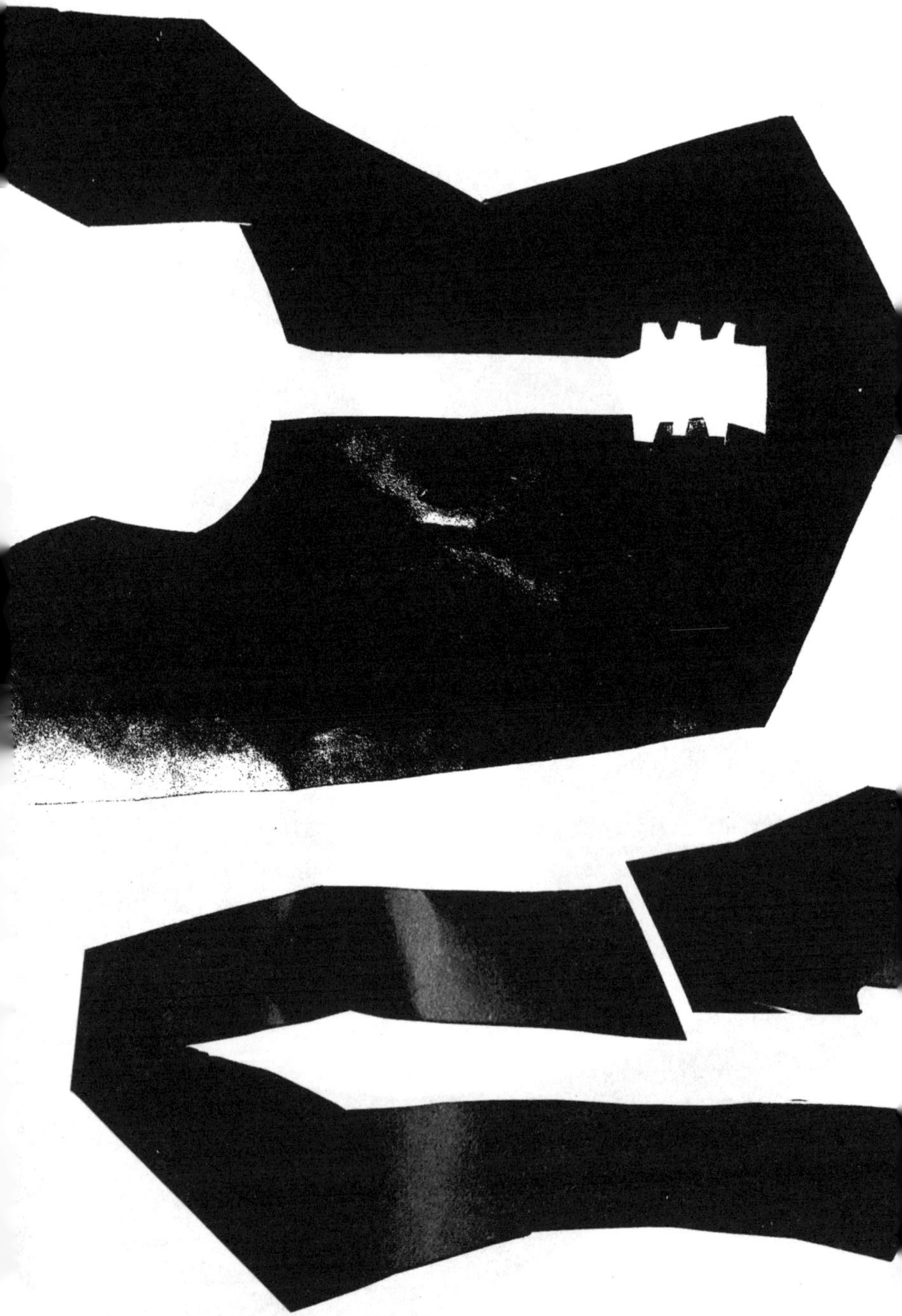

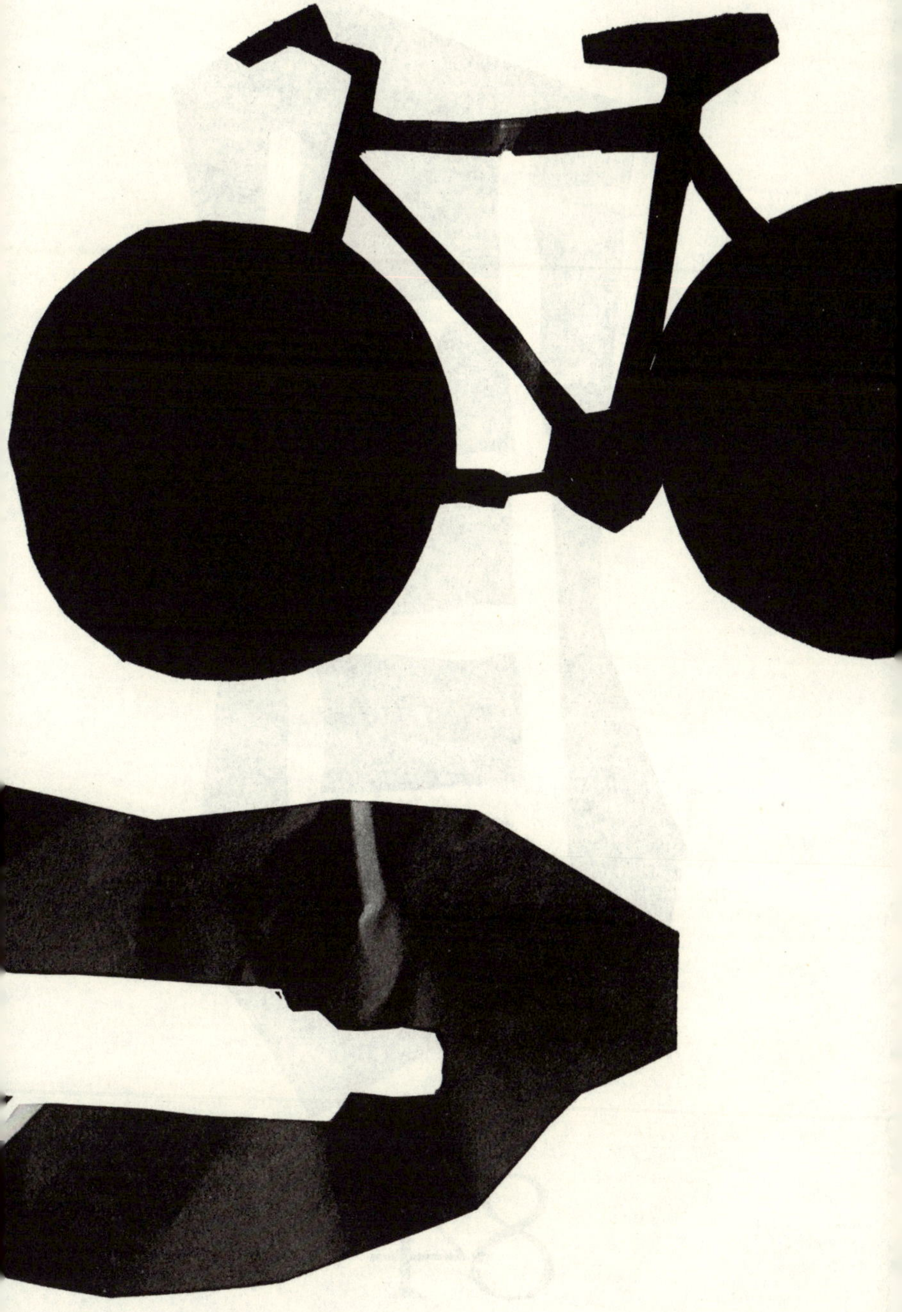

84

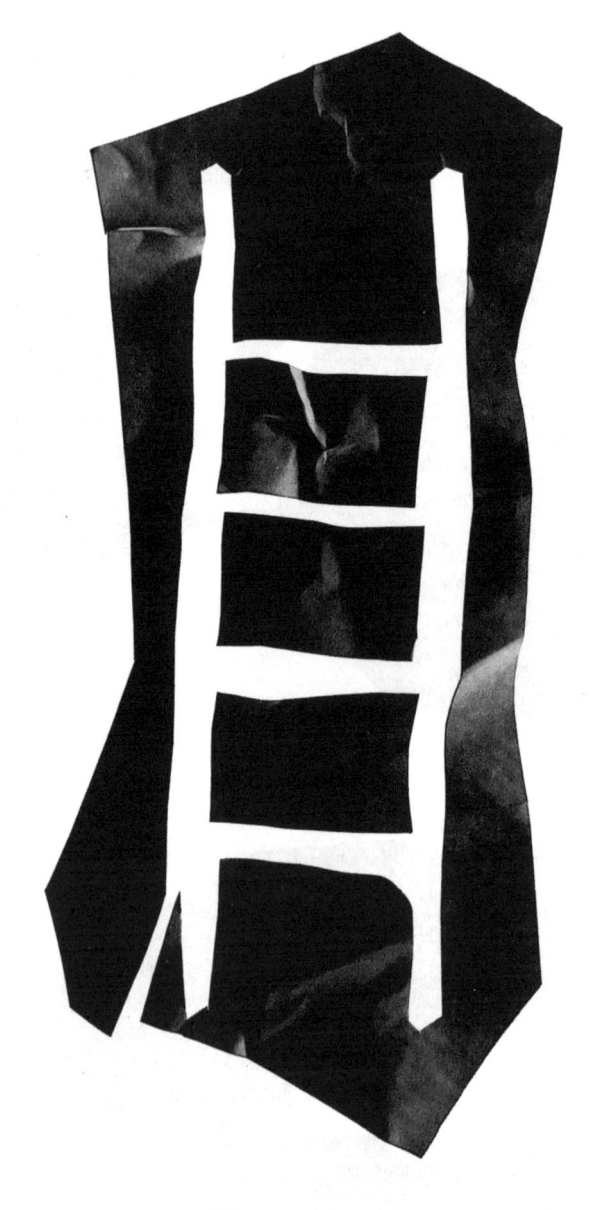

Algumas semanas depois, apenas o tempo necessário para me livrar do meu estupor, finalmente voltei ao castelo de tijolos e madeira para continuar a triagem do restante de boletos, extratos bancários, cartas, livros, roupas, bibelôs, tigelas, taças, mantimentos, móveis e objetos pessoais com os quais não sabia o que fazer a não ser olhar e eventualmente tocar antes de colocá-los de volta no mesmo lugar. Me disseram, brandindo um rolo de sacos de lixo, que quando alguém morre é preciso agir, triar, arrumar, dividir, espremer, escolher o que quer guardar e se livrar do resto. E o mais depressa possível. É assim que se faz, é assim que deve ser feito, você devia fazer isso, isso com certeza ia te ajudar. Mas eu não sabia como fazer isso e muito menos por onde começar. Mais do que me assustar, a ideia me parecia sobretudo incongruente, fora de questão, distante. Tão distante quanto essas vizinhas de jaqueta *puffer* preta que cumprimentamos vagamente nas noites de inverno na entrada do prédio, na frente da caixa de correspondências, e que esquecemos assim que a porta do elevador se fecha. Como imaginar espalhar qualquer coisa quando eu tinha acabado de juntar os cacos? Como saber realmente o que tinha sido importante e o que fazia sentido sem reler cada correspondência, sem abrir cada armário, sem tocar em cada tecido? Como resistir a rastrear cada cantinho para não perder nenhum dos fios ainda incandescentes da passagem dele por aqui? Além disso, para me livrar das coisas, seria necessário que elas me atrapalhassem, mas não era o caso: eu não via nenhum alívio psíquico em me separar de tudo o que compunha o cenário da vida dele, da minha, da nossa, e acrescentar desordem à desolação logo depois de o haver perdido. Por ora, eu tinha conseguido lidar com as coisas urgentes, como enviar o atestado de óbito para encerrar sua existência oficialmente, e isso já me parecia muita coisa. Além disso, por enquanto não tinha nenhum oficial de justiça atrás de mim, nenhum prazo e nenhum compromisso a não ser os preconizados pelos livros de autoajuda e transmitidos pelas pessoas, horrorizadas com o meio-termo, à minha volta, pacientes, atentas, compreensivas, ah pobrezinha, mas, é claro, apressadas em me ver *virar a página*. Eu preferia não fazer isso.

No primeiro dia resisti, à la Bartleby, a essa injunção de inventário definitivo, contemplando, imóvel, cigarro na mão, as coisas como um todo, parada na porta dos cômodos, hesitando em impor a elas um movimento que dissolveria, aos poucos e para sempre, o que havia existido ali antes. Essa perspectiva me angustiava tanto que até tirei fotos de cada prateleira para conseguir recompor, no caso de uma verificação intempestiva dos inspetores da memória, a imagem em sua ordem milimetricamente exata. Também passei umas duas horas gravando os barulhos da casa com o celular, com medo de nunca mais ouvi-los se alguma coisa acabasse mudando: um silêncio ensurdecedor, os canos regurgitando, o barulho peculiar da água caindo nesta ou naquela pia, o zumbido dos termostatos, os estalos do assoalho e da escada, os guizos amarrados em praticamente todos os chaveiros, os sinos japoneses tilintando ao vento de forma poética ou irritante, as chaves virando e as portas rangendo, os cliques dos interruptores, das janelas com vedações de borracha rebeldes e o botão de play da antiga secretária eletrônica em cuja gravação ainda se ouvia a voz melodiosa da minha mãe falando, um pouco intimidada por se dirigir a uma máquina: Deixe sua mensagem ou seu número de telefone.

Ninguém havia apagado essa mensagem desde que ela tinha partido e devem ter achado que os Pauly eram loucos por deixar um fantasma anotar os recados. Mas a gente gostava de poder continuar ouvindo-a de vez em quando e cheguei até a telefonar, sabendo que não tinha ninguém em casa, para ouvi-la falar diretamente comigo. Sua voz, que ecoava toda a gentileza do mundo, nos era necessária. Nos momentos das nossas vidas em que, por facilidade, deixamos o desespero tomar conta de nós, ela fazia com que nos recuperássemos, nos encorajava a sacudir a poeira e fazer o melhor que pudéssemos. Nem sempre funcionava, e às vezes éramos patéticos e covardes, deprimentes e mesquinhos. Mas outras vezes o encantamento surtia efeito e nos víamos acompanhando uma senhora desconhecida carregada de sacolas até a estação de metrô Orlyval para que ela chegasse a tempo de pegar o voo no aeroporto. E também, sem tocarmos no assunto, gostávamos de imaginar que essa mensagem dela, naquele aparelho, era um ponto de encontro possível entre mortos e vivos. Uma ilhota por meio da qual, por algum efeito mágico de colisão entre dimensões, conseguiríamos falar com ela e ela conseguiria nos ouvir. *Piii*. Complicações aqui embaixo, aguardamos instruções. Fim. *Piii*. Não se preocupem, a morte é apenas uma passagem. Amo vocês, estou aqui esperando, vocês vão conseguir. Fim. *Piii*. Desânimo, cansaço, sofrimento. Ele fez a passagem? O que devemos fazer? Favor informar. Fim. *Piii*. Ele chegou. Está bem. Vocês também vão ficar bem. Confiar uns nos outros, manter a gentileza. Fim. *Piii*.

É claro que, à parte alguns suspiros perturbadores, provavelmente atribuídos a vendedores despeitados, nunca tinha acontecido uma comunicação como essa até então, mas o vórtex estava aberto e eu teria que fechá-lo para sempre porque não se guarda assim, por diversão, uma velha secretária eletrônica obsoleta que acumula poeira e não serve objetivamente para nada numa casa onde não mora mais ninguém. Para ficar com ela, seria necessário primeiro convencer as pessoas mais próximas, quase todas pouco sensíveis a gestos de homenagem, de que se tratava de uma peça importante da história, depois guardá-la numa caixa que ficaria embaixo da cama de um quarto já entulhado ou entre outras caixas num depósito em um subúrbio desconhecido, numa zona industrial acessível somente aos domingos à tarde por uma estrada secundária entupida de painéis publicitários e rotatórias medonhas, o que não combinava nem um pouco nem com a reverência, nem com a poesia da lembrança. E, no fim das contas, seria tão triste e doloroso que acabaríamos não indo ao depósito sinistro e até nos perguntaríamos, *a posteriori*, o que podia haver de tão precioso nessas caixas para guardá-las e, pouco a pouco, conforme as coisas desaparecessem da paisagem, também desapareceriam das nossas memórias, levando junto suas histórias. Era assim que começavam os esquecimentos e abandonos, e isso me dava vontade de chorar.

Vesti meu casaco e desci para olhar o térreo, desabitado há anos e onde todos tinham largado suas tralhas em pilhas e caixas, para nunca mais buscar: restos de histórias de amor decepcionantes, maços de cartas ilustradas e sentimentais, ou apenas informativas, caixas de sapatos cheias de cartões-postais de formatos e destinos *démodés* enviados por amigos e desconhecidos, até que bonitinhos, falando do começo da história deles juntos e da infância de Jean-François (Lembrança da nossa deliciosa viagem a Sei-lá-o-quê-les-Bains, Saint-Dié, Guebwiller, cidadelas de Vertige, Rodez, Aurillac, Béthune, Le Tréport. No programa, passeio, piqueniques e descanso merecido, nós e as crianças estamos bem, esperamos que vocês também, beijos), depois tristes e assustadores no momento da minha própria infância (Oramos por você na gruta de Qualquer-coisa-sur-Loing diante da estátua de Santa Rita e enviamos pensamentos positivos para que dias melhores tragam um pouco de trégua a esse seu pesadelo, abraços), caixas metálicas de doces cheias de coisas inúteis, presilhas, frufrus de cabelo, embalagens diversas, graxa, barbeadores antigos, tampas órfãs e cartões-fidelidade das lojas Darty e Yves Rocher; cadernos de poesia, históricos escolares e médicos, radiografias de pés, pernas, mãos, mandíbulas, pulmões, eletrocardiogramas e exames diversos, comprovantes de contas bancárias fechadas havia muitos anos; boneca preta cuja mão o cachorro tinha mordiscado e vitrola Fischer-Price, flautas de diferentes tamanhos, partituras comidas pelos ratos; machadinhas, pás de enxada, ancinhos, foices, martelos e diversas ferramentas rurais; afiadores e facas impressionantes; panelas de cobre devoradas pelo mofo, pedras opalinas lascadas, discos úmidos de sobra, fichários, livros, lâmpadas e móveis, cadeiras e mesas; colchões velhos e coisas pessoais dos avós, incluindo o guarda-roupa com entalhes de madeira, o porta-retratos do casamento e o depoimento à polícia de um colega do vovô contando como ele tinha esmagado seu crânio por acidente; inúmeras fotos mal enquadradas de nós e dos nossos antepassados desconhecidos em álbuns chiques com fechaduras douradas, em envelopes rotos e imundos ou numa pastinha de couro craquelado; caixotes repletos de livros de encadernação vermelha ganhados na escola entre 1910 e 1918 por uma tia-bisavó estudiosa, um livro de canções ilustrado a lápis por um antepassado que retornou são e salvo da guerra; o volume completo de *Os miseráveis* numa edição pequena verde e dourada, botas de cowboy nunca usadas, tamanho 45, jardineira jeans novinha tamanho 52, carabinas em mau estado, uma variedade de fogões elétricos, suportes para lenhas e tições para o caso de algum dia termos um castelo, uma chaminé e toda uma matilha de cães de caça que dormissem aos nossos pés; coleções de moedores de café antigos e de preciosos crucifixos do estilo "afanei de uma igreja" e cuja origem eu não conseguia determinar, mas podia imaginar um tipo de tráfico absurdo que só ele sabia fazer e que teve que encerrar com seus últimos amigos de bar, e, finalmente, um crânio humano de tamanho médio acompanhado de uma tíbia quebrada em duas partes numa pequena mochila escolar verde e lilás (vestígios do canteiro de demolição do orfanato para cegos que ficava na frente de casa? Acaso das brincadeiras na beira do rio nos tempos da guerra? Até hoje esse mistério continua intacto). Ali também abri, levantei, fechei, tirei fotos como se conduzisse uma investigação, coletei algumas provas — quatro ou cinco retratos dele na infância e na juventude, um eletrocardiograma que descrevia no instante *t* os movimentos do coração dele, uma chave e um guizo.

Saí de lá com fortes dores nas costas e um sentimento terrível de desânimo. Depois subi novamente, transferi as fotos pro meu computador e fui me sentar no topo da escada para ver, enquanto fumava, o dia desaparecer no meio dos galhos quase nus da grande faia e o corredor mergulhar na escuridão. Eu tinha realmente avançado: a partir de agora eu sabia que cara tinha o oceano que precisaria esvaziar com uma pipeta e as escolhas absurdas que essa operação implicaria: determinar, naquele furdunço, o que tinha tido algum significado para ele, para eles, o que tinha algum significado para mim e talvez para Jean-François, guardar para não fazer nada além de guardar, e depois estupidamente se desfazer de coisas úteis que talvez tenham significado para eles meses de economia. Valeu a pena ter *se desgastado* por uma secadora de roupas e uma mesa digna desse nome para um dia, por falta de espaço nas nossas vidas, sermos obrigados a entregá-las à primeira unidade do bazar beneficente Emmaüs que aparecesse? Eu suspirava.

O vizinho, que estava estacionando o carro na garagem, me viu sentada no meu poleiro e me cumprimentou de longe. Acenei com a mão em resposta. Dois melros, incomodados com minha presença na hora de voltarem ao seu ninho na trepadeira vizinha, passaram várias vezes dando um voo rasante a alguns centímetros da minha cabeça, para me enxotar dali, e acabei entrando. Liguei o aquecedor no talo, vesti meu pijama e por cima o casaco grosso de lã azul que ainda conservava o cheiro dele, engoli um macarrão na manteiga que cozinhei demais enquanto assistia à série *Lei e Ordem: Unidade de vítimas especiais*, reguei tudo com um bitter que encontrei no fundo de um armário. Depois falei um "Boa noite" para o vazio, sem saber exatamente quem me ouviria, e peguei no sono rapidinho, deitada no sofá de frente para a cama vazia dele. Durante a noite, sonhei com ele como se sonha com os mortos: ele estava deitado na minha cama em Paris, com o edredom esticado até o queixo, me olhando em silêncio com os olhos esbugalhados de uma coruja assustada. Era esquisito vê-lo ali. No sonho, eu estava incomodada por não poder oferecer nada melhor do que aquela cama pequena e me desculpava: faltava conforto, o quarto não era muito grande e é verdade que minha vida não era muito maior do que a cama, mas, por enquanto, não dava para fazer mais que isso. Depois, acreditando ter detectado nos olhos dele uma certa decepção, falei que sentia muito por ele ter partido daquela maneira, mas que eu não tinha conseguido fazer nada. Como ele continuou me olhando sem dizer nada, arrumei o edredom em volta dele para que não sentisse frio e saí para buscar alguma coisa para ele beber. O sonho me levou até uma estação de trem, plataforma 16, onde vi com pesar que o trem que eu acabara de perder estava indo embora; em seguida, a uma sucessão complicada de escadas de ferro que deveriam me levar até a torneira mais próxima; depois a uma conversa tensa com desconhecidos hilários que se recusavam a me vender a única garrafa de água disponível na região. Quando voltei para o quarto, ele não estava mais lá.

92

No dia seguinte, me levantei cedo com ânimo de carnavalesca: estava decidida a chegar ao topo da eficiência. Agora eles iam ver. A campeã da arrumação, o festival internacional da triagem, o campeonato da lixeira. Liguei o rádio, corri para o banho, tomei um café superforte na mesa da cozinha em plena luz da manhã ouvindo um velho editorzinho sentencioso vomitar sobre as objetivamente terríveis consequências do casamento legal para todas as pessoas e, já que tinha que começar por algum lugar, ataquei as enormes gavetas da sala de estar, o móvel rústico horroroso revestido de verniz, com bar e vitrine integrados, que na sua época tinha deixado minha mãe feliz porque ela finalmente pôde guardar alguma coisa dentro daquela maldita espelunca, que era tão úmida que fazia o carpete da sala empenar no inverno. Eu odiava esse móvel que ocupava todo o espaço, em cujas portas esbarrávamos, e que eu era obrigada a espanar aos sábados de manhã para que aprendesse a fazer faxina.

Com o tempo, a primeira gaveta se transformou numa grande caixa de ferramentas onde era possível encontrar coisas com as quais se virar numa emergência doméstica. Eu sabia mais ou menos o que encontraria ali, mas mesmo assim abri para ver o que poderia jogar fora. Primeiro tirei uma caixa verde de plástico onde havia uma serra, alicates, lixa, lima plana, lima quadrada, martelos pequenos e grandes, chaves de fenda, Phillips e de precisão, berbequins de todos os tamanhos, fio de aço, fio elétrico, massa para vedação, fita antiderrapante e metro dobrável. Bem, bem, bem, pensei.

Depois tirei da gaveta uma segunda caixa cheia de potes de parafusos, parafusos de concreto, buchas grandes vermelhas, buchas curtas, ganchos, ganchos médios de parafusar, ganchos grandes de parafusar, pregos largos, pregos compridos, pregos de cabeça chata, pregos largos e compridos de cabeça chata, pregos finos e compridos, pregos sem cabeça, pregos em X, pregos de vidraceiro, tachas de tapeceiro, pregos pequenos e pregos microscópicos. Ótimo, se por acaso eu precisar...

Cheguei numa terceira gaveta que continha cabos elétricos órfãos, extensões, lâmpadas novas em embalagens de quarenta e sessenta watts, soquetes de porcelana, soquetes baioneta, interruptores e dominós. Todas essas coisas perfeitamente organizadas por tema e perfeitamente úteis numa gaveta perfeitamente adaptada e que estavam começando a me fazer transpirar. Elas viviam ali, juntas, num ambiente que lhes convinha. Por que eu era obrigada a tirá-las dali, e para onde iriam? Para o meu apartamento de trinta metros quadrados em forma de triângulo onde as únicas coisas que precisavam de bricolagem eram um fogão elétrico e uns aparelhos de som estéreo? Para um outro móvel? Mas qual? E pra quê? Com todas aquelas coisas espalhadas na minha frente, fiquei encucada, pensando na realidade que esse arsenal descrevia. *As boas ferramentas fazem os bons artesãos*, ele se divertia repetindo isso, mas deixava meu irmão instalar os pisos, o carpete, o teto, os azulejos, substituir as telhas quebradas, fazer a manutenção do encanamento, cuidar da renovação da pintura e dos papéis de parede e consertar o milésimo carro usado que não dava mais partida, enquanto ele mesmo cuidava apenas dos retoques finais. É que ele tomava anticoagulantes e tinha medo de perder todo o sangue feito galinha degolada se surgisse uma ferida mínima, e a gente não podia culpá-lo por esse medo de viver porque era verdade que ele podia morrer a qualquer momento. Um pouco como todo mundo, na verdade. Jean-François também poderia ter morrido caindo do telhado onde ele consertava as goteiras, ou eletrocutado no quadro de energia em que mexia, ou simplesmente ter arruinado sua juventude lixando paredes em vez de ir ao cinema, mas isso não o preocupava tanto e, de todo modo, alguém tinha que fazer essas coisas. Todavia, nas raras vezes que meu pai consertou alguma coisa na minha presença, ele me ensinou a serrar e pregar direito, a trocar uma vidraça, um interruptor ou uma tomada, a instalar ripas, a medir superfícies, a prepará-las e, sobretudo, e muito importante, a diluir bem a tinta para que duas demãos fossem suficientes, e, no fim das contas, saber tudo isso era bem útil.

Bem escondidas no fundo da gaveta havia duas latas redondas de biscoitos, do tipo que comprávamos no mercado baratinho para ter sempre alguma coisa a oferecer aos convidados que aparecessem, mas que na verdade só passavam correndo pelo nosso triste subúrbio, com a barriga cheia, e sistematicamente recusavam os biscoitos com cara de nojo, para o grande sofrimento da minha mãe, que, às vezes, chorava magoada. Daí nós mesmos comíamos os biscoitos para consolá-la da humilhação, e quando acabavam a lata servia para guardar coisas pequenas *de maneira racional*. Aos poucos, essas latas invadiram os espaços vazios da casa com estampas simples, e a gente nem sabia mais o que elas continham. Puxei-as fazendo um superesforço porque estavam estranhamente pesadas.

Dentro havia uma quantidade considerável de pilhas, algumas comuns, outras recarregáveis, presas de duas em duas por elásticos e com post-its colados com coisas escritas. Desenrolei alguns até entender que em cada dupla estava anotada a data do início da vida e a data da morte das pilhas. Em todas constava o ano que estava acabando naquele momento. No verso de uma das tampas, numa folha de papel dobrada em quatro, tinha uma tabela desenhada milimetricamente com régua e lápis com o resumo das informações. Era um pequeno estudo comparativo bastante sério, com datas, preços, marca-texto de cores mais intensas para as melhores marcas e na coluna "observações", no final de cada linha, as diferenças entre a capacidade indicada na embalagem e a duração real de vida daquelas baterias.

Senti uma tontura: então era assim que meu pai, que tinha acabado de morrer e com quem eu falava em voz alta sem me dar conta, tinha ocupado a mente durante seus últimos meses de vida. Já era melhor do que decorar as Páginas Amarelas ou contar carros, mas ainda assim cheirava a reclusão e desespero. Se bem que, no fundo, eu entendia. Primeiro, imaginei que ele devia estar de fato muito irritado por ter que trocar constantemente aquelas coisinhas cilíndricas caras que deviam deixá-lo na mão nos momentos mais inoportunos, por exemplo quando estava sozinho com suas angústias, às dez e meia da noite, na frente da televisão que se recusava a obedecer às ordens já gastas de um controle descarregado. Em segundo lugar, esse derradeiro esforço de disciplina contábil tinha uma utilidade: era um complemento às palavras-cruzadas e outras operações mentais que mantinham as sinapses ágeis e as ideias claras. Sempre foi importante para ele, e também para mim, manter essa agilidade que era a cereja do bolo das nossas conversas e que sempre lhe dava alguns minutos de vantagem sobre os outros. Mas, acima de tudo, ao reler essas informações, tive certeza de que a dimensão metafórica do seu gesto não tinha passado despercebida e que talvez eu estivesse diante da forma que ele tinha encontrado de expressar o fato de que, a partir de então, o tempo estava se esgotando para ele e qualquer aposta era bem-vinda. Então, diante dessa tabela louca e desse cemitério de pilhas com epitáfios que pareciam um pouco obra de um louco, achei que fosse morrer de amor e de melancolia. Uma última vez, admirei-o por sua mente original e tão mal compreendida, pela elegante precisão de suas ideias, por sua teimosia insensata de não se permitir fazer nada além disso, mesmo tendo muito mais a oferecer, e por ter me ensinado a ser sensível à poesia emanada pelas coisas modestas. Enfim, coloquei tudo de volta no lugar, enfiei o saco de lixo que tinha acabado de abrir entre duas caixas, fechei a gaveta e saí para mudar um pouco de ares.

Fazia frio, mas o dia estava bonito. Um belo céu azul com algumas nuvens e um sol de inverno. Me apoiei por um instante na passarela de madeira que ligava a casa à escada, onde ele gostava de se encostar para fumar e observar a luz se movendo pela folhagem e os passarinhos indo e vindo. Onde às vezes, tragando como loucos cigarros que nunca eram fortes o suficiente, tivemos as conversas mais profundas e banais, e onde os silêncios que às vezes elas geravam se transformavam naturalmente em sessões de intensa contemplação da natureza logo abaixo. Nesse exato momento, eu teria dado qualquer coisa por um último instante como esse ao lado dele, sem dizer nada de especial um ao outro e olhando para o vazio. O quintal estava abandonado havia meses e, nesse início de inverno, tinha ares de fim do mundo. No verão anterior, a chuva abundante tinha feito as ervas daninhas crescerem de forma errática nas cavidades e saliências do terraço de cimento e ninguém teve coragem de arrancá-las. As heras invadiram o cascalho em vários lugares, e embaixo do alpendre elas já começavam a devorar as janelas dos quartos. As tílias tinham crescido de modo desmedido e algumas folhas amareladas ainda estavam presas a seus galhos vermelhos que cresciam em direção ao céu. A faia, que não era podada há anos, tinha quase dobrado de volume e transformado o pátio em matagal. Ele tinha essa mania de não querer cortar nada. Qualquer um que se aproximasse de uma planta com uma serra ou uma tesoura de poda recebia invariavelmente um "Ah, seu infeliz!", e ouvia um verso sobre nossas irmãs árvores que gastam tanta energia para crescer, e acabava recuando, quase convencido depois dessa ladainha de que cortar um galho era como decepar um membro humano. E foi assim que, nos últimos anos, o sol gradualmente abandonou o local, e as espécies de sombra prosperaram, se emaranhando umas nas outras. Só um pequeno carvalho com parcas folhas cor de fogo elevava um pouco o nível dessa confusão que, outrora, tinha tido ares de jardim japonês. Para completar, uma quantidade insana de folhas avermelhadas cobria tudo, e em vez de deixar o desânimo se instalar novamente no meu coração arruinado, decidi juntá-las. Peguei o rastelo e comecei a fazer montes. Enormes montanhas de folhas, me dedicando de corpo e alma, chacoalhando cada arbusto, passando por trás de cada vaso e por cima de cada canteiro. Mas por mais que varresse e juntasse, continuavam aparecendo novas folhas, as quais eu arrastava com força num sentido, depois no outro, criando montinhos grandes e pequenos, ajeitando as dispersões provocadas pelo vento que atravessava só para me provocar, joguei casaco e blusa no chão, morrendo de calor e de tristeza, apertando o cabo como uma alucinada. Merda de árvore, merda de morte.

Quando senti que tinha quase terminado, parei para fazer um balanço. Havia uma bolha de sangue pisado no meu polegar e o suor escorria pelo meu rosto, mas eu sabia que ele teria gostado: oito montes de folhas mais ou menos equivalentes, distribuídos de maneira uniforme sobre a superfície, um caos dominado, uma composição zen realizada com a devoção de um monge budista. Satisfeita, um pouco mais animada, me sentei por um instante sobre uma das grandes pedras da entrada para fumar. A maioria estava coberta por um musgo verde e castanho em duas camadas, especialmente escolhido por ele numa floresta vizinha para colonizar a nossa. Na infância, assisti ao transplante e, desde então, adorava esses pequenos exércitos verdes e valentes, com suas lanças minúsculas que se espalhavam para travar batalhas improváveis. Vamos, a vitória nos espera, eles pareciam exclamar. Acariciei-os por um momento invejando sua coragem. Eu teria gostado de me fundir em suas fileiras e também marchar em direção a um amanhã mais radiante, mas ainda não tinha chegado lá. Ia precisar engolir. Foi esse momento de deglutição psíquica que um carteiro irritado escolheu para atirar um enorme maço de cartas na caixa de correspondência fazendo um barulho infernal. Fui ver o que era. Propagandas, propagandas, propagandas, chocolates fantásticos, peru em promoção, um Natal superlegal, ainda melhor que os anteriores, o minicalendário superprático de um arboricultor e uma carta endereçada a mim. Na parte de cima, uma letra cuidadosa que eu não conhecia, escrita com caneta azul e com a menção: "Carta registrada". Juliette. Eu soube que era ela antes mesmo de olhar o nome do remetente. Rasguei a dobra com delicadeza e voltei à minha pedra para ler a carta. Três folhas brancas, uma escrita à mão, como introdução, e as outras duas datilografadas.

Novembro de 2012

Fiquei muito comovida com sua iniciativa que me permitiu acompanhar seu pai no dia 7 de novembro, apesar de eu lamentar não ter respondido aos últimos telefonemas dele.

Revisitando o passado, tive vontade de escrever para ele estas poucas linhas que envio junto com este texto. É você quem vai ler, e talvez ele as ouça. O que fica de um ente amado que faleceu é uma matéria sutil, imaterial: uma ausência que podemos sentir como uma presença cuja luz não pode mais ser ofuscada por nada. Mas isso não diminui o sofrimento que precisa ser encarado para você seguir seu próprio caminho. Não há idade para se sentir órfão. Nunca nos esquecemos. O que fazemos é domar a ausência com os meios próprios a cada um... Muitas vezes as palavras são ineficazes. Eu gostaria de agradecê-la com toda a sinceridade. Com meus melhores cumprimentos,

Juliette

Então ela estava lá no meio das pessoas, mas não se apresentou. Fiquei com um nó na garganta em "É você quem vai ler, e talvez ele as ouça" e o choro veio em "não há idade para se sentir órfão". Acho que, durante toda a minha vida, até então ninguém tinha se dado ao trabalho de me escrever para me dizer algo tão essencial e gentil. Em dez linhas, com palavras especialmente selecionadas, essa mulher que não conheço tinha: 1. percebido o tamanho do meu sofrimento e da minha solidão; 2. imaginado que eu tinha um caminho muito particular que valia a pena seguir; 3. admitido que era preciso coragem para continuar; 4. presumido que com o tempo eu conseguiria fazer isso; 5. suposto que as pessoas que amamos nos ouvem para além da morte; 6. me agradecido sinceramente. Me senti mais cuidada por esse parágrafo do que por todas as terapias do mundo. Com o coração acelerado e o nariz cheio de ranho, continuei:

Querido Jean-Pierre,

Surpresa, triste, fiquei e ainda estou com a notícia da sua partida, tenho a sensação de que na paisagem da minha vida uma pequena luz acaba de se apagar e que nos campos das minhas lembranças de repente surgiu uma escuridão. Tínhamos treze e quinze anos, eu acho, você tinha uma irmã mais nova e eu tinha um irmão mais novo de quem falávamos muito quando nossas estradas se cruzavam no caminho para a escola. Você apareceu montado naquela bicicleta da qual jamais se separava e que te permitia percorrer o caminho entre Carrières e Poissy. Você parecia imenso, empoleirado naquela máquina. Ao mesmo tempo, exalava um sentimento de força que me dava segurança, eu me sentia protegida e não temia mais a saída da aula quando você me acompanhava, você pela valeta e eu rente aos muros. A educação da época era tão estrita e tão severa... O que nossos pais diriam se nos vissem? Eu certamente receberia uma "sova", como se dizia. Mas nós éramos muito comportados, dois grandes tímidos conversando sobre suas preocupações com a escola. Porque nada é mais angustiante na adolescência do que se projetar no futuro. E o que não faltava era assunto sobre mudar o mundo.

Eu gostava da escola, mas você não, por causa das intimidações dos professores. Eu sonhava em ajudar as "crianças negras" da África e você me dizia: "Mas é longe demais. Por que não ajudar as crianças brancas daqui?", e a gente ria disso. Eu tinha alma de aventureira e você me dizia só se sentir bem nas margens do Sena quando, à luz do luar, você e seus amigos arranhavam o violão. Você gostava da natureza e do canto do silêncio dela. Eu também, mas achava as margens do Sena muito pequenas: queria conhecer outros lugares, rodar o planeta. Já na época, uma viagem à Alsácia com seus pais te deu a sensação de ter sido exilado no fim do mundo e você voltou para Carrières aliviado. Eu ri da sua cara mas adoraria ter estado no seu lugar... Ter pressa de voltar para casa...

Nós só nos encontrávamos no caminho da escola. Às vezes você me contava que tinha saído com os amigos no domingo, mas que não gostava do comportamento deles: tocar campainhas, virar lixeiras, gozar dos idosos... Você não gostava dessas brincadeiras idiotas e não participava delas porque pensava: "Se a Juliette me visse ela diria que isso não é legal". Isso me parecia cavalheiresco e eu me sentia como uma princesa! Era sua delicadeza natural que te guiava e você me oferecia ela de presente.

Depois precisei passar um tempo num preventório por questões de saúde, o que foi um eclipse em nossa rotina. Depois veio o diploma: terminamos a escola. Você foi meu único amigo da adolescência, um amigo de sorriso malicioso e ar constantemente surpreso, como uma criança, um amigo introvertido que às vezes parecia estar com a cabeça em outro lugar. Viajante caseiro, viajante em pensamento, sem jamais deixar seu ninho. Você era uma presença silenciosa, quase contemplativa.

Tendo partido durante cinco anos por motivos de saúde e estudos, conheci outras pessoas, você também, e quando voltei éramos "adultos". Trabalhei na mesma empresa do seu pai, que me contou sobre o seu casamento, e falei do meu casamento para ele, cada um seguiu seu destino. Mas você foi um bom profeta: meu pai faleceu pouco tempo depois, quando meu irmão tinha apenas quatorze anos. Então eu fiquei na região para ajudar minha mãe, dona de casa, e acabei cuidando das "crianças brancas". Mais tarde, cuidei de pessoas de todas as cores, mas não na savana. Sua irmã foi embora para os Estados Unidos.

Num encontro por acaso numa rua de Poissy, você me falou do nascimento de um garotinho: você parecia tão feliz! Anos depois, você me telefonou: "Tenho uma filha, Anne". Você transbordava de felicidade e quando mais tarde cruzei com você e sua filha nos seus braços, você sorria tanto, estava tão orgulhoso...

Assim como as contas de um rosário, os anos passaram alegres e dolorosos para cada um de nós, de acordo com nossas respectivas provações. Nós trocávamos rápidos boletins informativos durante nossos encontros raros e fortuitos, mas sempre com o sentimento de termos nos separado na véspera, no caminho da escola... Depois vieram os problemas de saúde: sua perna, a doença da sua esposa. Então, para não preocupá-la, de vez em quando você me ligava para falar das suas angústias, da sua impotência diante da doença, mas sempre de uma forma muito superficial. Graças à minha experiência profissional, eu adivinhava as suas preocupações mais do que você as conseguia exprimir... Você continuou, depois da partida dela, me falando dos seus filhos, repetindo muitas vezes: "Tenho ótimos filhos, um lindo neto". Depois aconteceu meu acidente. Você me visitou várias vezes e foi você quem, ao me dar um livro de citações do Dalai Lama, me ajudou a sair do fundo do poço...

Você me ligou em outubro, mas não pude atender porque estava no Sul. Você me deixou esta mensagem: "Eu volto a ligar... mas...". Mas... se eu soubesse... Eu nunca mais ia ouvir: "É o Jean-Pierre, e aí, como você tá, minha pequena?". Essa frase sempre me levou de volta aos meus treze anos.

Você partiu no Dia de Todos os Santos, num momento em que a natureza resplandecente traz um pouco de sol ao céu cinzento, quando as folhas douradas tecem os mais belos tapetes sobre os caminhos, que são desenrolados para os convidados de honra. O universo enviou seus ouros para te escoltar e te acolher em sua luz, apesar do sofrimento que você deixa: vi tanta tristeza no olhar dos seus filhos! Mas você vai seguir vivo no coração de todos eles. E um pouco no meu também... Adeus, Jean-Pierre (você acha que tem um colégio lá em cima?).

Juliette

Eu não conseguia acreditar, não mesmo. Primeiro, que ela me revelasse de forma tão simples e com palavras tão bonitas a verdade dessa relação adolescente que continuava incandescente na intimidade silenciosa da existência deles. Depois, que ela me dissesse, como quem não quer nada, que ele sempre teve orgulho de nós, de mim, embora ele nunca tivesse nos dito isso. Enfim, que ela me desse o presente derradeiro de confirmar que ele sempre foi, antes que a vida, a violência e o álcool o atrapalhassem, quem eu acreditava que ele era: um homem justo, sensível, contemplativo, silencioso, em cuja redoma ser admitido significava ser protegido, um ogro tímido que outrora tinha sido um adolescente amoroso, que detestava a escola e brincava de Huck Finn em frente à fogueira, à noite, na beira do rio.

O fato de ao menos outra pessoa, ainda que desconhecida, guardar em seu coração essa imagem dele mexeu comigo porque, quando eu tentava evocar esse aspecto da personalidade dele, o eco era bastante fraco: diziam que eu dourava a pílula, que havia chegado depois, que eu não me lembrava de tudo, que ele tinha exagerado bastante. Sim, é claro que ele tinha exagerado, mas era exatamente essa alma que eu sentia perto da minha durante todos aqueles anos, e era esse homem que, entre uma bebedeira e outra, me abraçava sempre que sentia a angústia me dominar com suas mãos sombrias. E aquela mulher sabia disso. Era incrível o quanto ela sabia. Ela também sabia sobre as cores do outono, o canto da natureza, as árvores e a importância dos raios do luar. Mas ela também deve ter sentido a imobilidade e a vida medíocre que o subúrbio prometia. Então tentou a sorte longe dali, e eu a compreendia.

Li a carta uma segunda vez assoando o nariz na manga da blusa. Ela deve ter perdido muitas pessoas na vida para saber tão bem como dizer adeus. Graças a ela, agora eu também sabia como me despedir dele. Finquei o rastelo no chão e subi. Em um dos pequenos baús feios da entrada, reuni todos os seus budas, os grandes, os pequenos, os de metal e os de plástico, e os organizei num pequeno grupo. Ao lado, enfileirei um exército de minúsculos camponeses japoneses de marfim segurando bastões e forquilhas, depois o sábio chinês de barba comprida e cabeça dourada, o lenhador de madeira clara trazido do Canadá, a caixa de rapé em forma de monge barrigudo e engraçado, um ursinho de jade de cujas nuances leitosas ele gostava, e um velho indígena de chumbo que, sentado de pernas cruzadas, fumava o cachimbo da paz com um ar sério. Ao lado, instalei três corujas de cerâmica e as medalhas de Gandhi, Montaigne e de um búfalo anônimo.

Do outro lado, coloquei seu chapéu. Ele estava contente com essa compra tardia que "combinava com o blusão de nubuck marrom". Dizia que o deixava "classudo", mas, loução que era, não pôde deixar de enfiar na fita que contornava o chapéu um monte de penas en-

encontradas no chão: uma de rolinha, uma de pega, uma nojenta de sei lá que bicho e uma azul de gaio-comum, um pássaro belíssimo, mas muito malvado que às vezes, na primavera, devora os filhotes dos outros. No centro, coloquei a reprodução em formato de cartão-postal do São Francisco pintado por Giotto falando com os pássaros, uma gravura japonesa de uma garça-real e algumas fotos. Três dele de calças curtas e chapéu de palha, com os olhos irritados pelo sol, acariciando um cachorrinho preto e branco na grama alta, com adultos caminhando bem na frente, depois mais perto, e no verso das quais ele escreveu: "Eu e meus pais, agosto de 1939". Uma foto da turma da escola do ano de 1943, onde ele aparece no meio e na última fileira de um grupo de garotos magrelos e sujos. Ele é o único a olhar para a câmera e, com um ar de desafio, parece dizer ao fotógrafo: "Você gosta de fotografar a miséria? Dê uma boa olhada em mim". Depois uma foto dele jovem com semblante autoritário segurando um violão, casaco aviador, sapatos *paraboots* e jeans, com o pé sobre uma bacia de zinco virada para baixo. Uma foto da mãe dele fantasiada de soldadinho de sentinela, uma outra do pai dele com cigarro na boca, olhar rude, avental de açougueiro e uma carcaça no ombro. Uma foto de nós dois no sofá, sob um raio de sol, eu tinha dois anos e era tão careca quanto ele. E depois uma mais recente tirada por mim, em preto e branco, dele e da minha mãe no lago Neuvic. Eles estão deitados na praia e me olham sorrindo. Tudo estava indo melhor, estávamos de férias na casa do meu irmão, estávamos relaxados, felizes por estarmos juntos, e talvez fosse a primeira vez que isso acontecia com a gente. Depois fui até a biblioteca buscar suas quatro coletâneas de haicais de capa marrom, uma para cada estação, com a ideia de ler alguns diante daquele pequeno mundinho, mas sem saber exatamente quais. Porém, bastou abrir os volumes para aparecerem folhas secas de plátano, vermelho-sangue, que ele tinha colocado ali, entre dois pedaços de papel higiênico, nas páginas dos seus poemas favoritos. Então, diante desse pequeno povoado da lembrança, pronunciei lentamente e em voz alta:

> *Noite nebulosa,*
> *a cidade ao longe*
> *desapareceu na escuridão.*

Depois:

> *Os cedros se erguem,*
> *no caminho de regresso*
> *à minha morada.*

Depois:

> *No vento fresco,*
> *entre o verdor das montanhas,*
> *um templo isolado.*

Depois:

> *Instalado na sombra,*
> *abandonando o salão*
> *à lua.*

Depois:

> *O sino se calou,*
> *resta o perfume das flores,*
> *eis a noite.*

Permanecemos um pouco mais assim, todos juntos em silêncio olhando para os nossos pés, em memória a ele, depois fui buscar uma caixa de sapatos grande que forrei com uma echarpe macia. Guardei todo mundo ali dentro, prometi reconvocar o conselho em outra ocasião, dobrei a echarpe por cima, fechei a caixa, guardei-a no baú. Depois coloquei o chapéu dele, subi numa bicicleta e fui dar uma volta na beira do Sena. Sentada na margem em frente à torre da Peugeot, vendo passar, entre duas folhagens, a água pesada e castanho-avermelhada do rio, falei alguns haicais que ele não tinha marcado com seu herbário da sorte, mas que eu tinha decorado:

*Penso somente
em meus pais
crepúsculo de outono*

Só voltei para casa na primavera. Depois, pouco a pouco, semana a semana, graças aos incentivos de Félicie, que já estava cansada de dormir naquele túmulo glacial forrado de papel de parede desbotado e lotado de lembranças que não eram suas, acabei separando tudo, arrumando tudo mais ou menos bem, lentamente, tomando o tempo necessário.

Era doloroso, mas de cartas a dossiês, de gavetas a armários, li, organizei, descartei, às vezes conservei, percorri calmamente o fio de uma porção de histórias e descobri que a maioria delas não era tão trágica quanto tinham me contado. É fato que a vida deles tinha sido difícil, marcada na infância pela guerra, e isso não era pouca coisa. Eles foram privados de tudo e depois trabalharam, compraram carros, tapetes bons, linóleos em promoção, Tupperwares, fornos, livros, bicicletas e máquinas de lavar, cultivaram alguns poucos hobbies, deixaram a porta aberta e acolheram estranhos, perderam os pais muito cedo, enfrentaram novas dificuldades, sofreram incansavelmente coisas que não lhes convinham e caminharam a vida toda ao lado do destino, acreditando, como todas as pessoas de origem modesta de sua geração, que não tinham nenhuma escolha. Eles fizeram muito mal um ao outro, mas, no geral, entraram em acordo sobre o essencial. Eles nos amaram, criaram, e, considerando as circunstâncias, pode-se dizer que fizeram o melhor que podiam.

Essa descoberta me deixou muito aliviada: não tínhamos sido amaldiçoados até a sétima geração e ninguém nos pedia para destruir o Anel atirando-o na Montanha da Perdição. Eu mal podia esperar para contar tudo isso a Jean-François, que, desde sempre, se sobrecarregou com essa ficção trágica por amor a essas almas torturadas que ele teve que enfrentar, como todos os primogênitos, primeiro. Mas ele tinha dado uma desaparecida nos últimos tempos. Então, conforme fui fazendo a triagem, para ele ou para me sentir menos solitária diante dessa herança, não sei, reuni provas dessa evidência, separei objetos e fotos que poderiam lembrá-lo do amor recebido e aliviá-lo da raiva, coloquei numa caixa seus boletins escolares, suas revistas sobre motos e pássaros, seus discos e outras coisinhas e, aleatoriamente, reagrupei alguns móveis que imaginei que ele gostaria de ter em casa. Quando ele enfim apareceu, tarde e a contragosto, para limpar as calhas e cancelar três apólices de seguro, demos uma volta pela casa. Sem botar muita fé, tentei lhe mostrar algumas coisas, contar umas piadas, mas de nada adiantou. Ele estava escondido atrás da sua grande muralha de tijolos e em seu rosto, em sua voz, só havia impaciência e contrariedade.

Eu sentia um sofrimento infinito com o fato dele não querer pensar em nada, nem mesmo numa tristeza que seria de nós dois, algo que teríamos compartilhado com doçura, lembranças que teriam nos aproximado ao menos por um instante. Como insisti, designando tal mesa ou tal edredom, abrindo a caixa que tinha fechado na véspera, exumando um dos seus velhos discos da Kate Bush de que papai gostava ou mostrando um monte de velhas revistas *Moto Verte*, ele me disse com frieza: Não quero nada desta casa nem desta história, nem móvel nem louça nem livro nem nada. A mamãe me escreveu uma ou duas cartas, tenho alguns suvenires e isso é suficiente pra mim. Para alguém que normalmente não hesitava em se afundar na melancolia, eu o achei bem plácido. Pensei que talvez estivesse aproveitando a ocasião para se permitir um recomeço. Ainda assim, fiquei muito magoada. Magoada por mais uma vez perceber que o que eu pensava não fazia a menor diferença para ele, e profundamente triste por constatar que dos quatro homens que de fato eram importantes para mim, um já estava morto e o outro se recusava a falar comigo. Apesar de tudo, eu não disse nada: havíamos prometido não ficar com raiva. Papai tinha insistido muito nisso — *Não quero isso em casa, hein, isso só traz sofrimento, prestem bem atenção* — pressentindo, com razão, que certamente não teríamos a mesma visão sobre as coisas.

Ele ficou durante três horas, colocou numa sacola Leclerc uma caixa de bijuterias de tuia decorada com pérolas, que não era de ninguém, uma pistolinha de ferro com cabo de marfim para o filho dele e a revista automobilística *Guide de la Route 1987*, da *Reader's Digest*, que emergiu de um monte de coisa para descarte. Depois me disse que queria vender logo a casa, me deu um beijo com um sorriso falso, como alguém que beija uma prima velha, e foi embora dando uma buzinadinha de despedida. Boa sorte, meu amigo, pensei acenando com a mão, que essas caixas velhas o permitam encontrar alguma felicidade. Só voltamos a nos ver no Natal, mas depois ficamos um bom tempo sem nos cruzarmos.

Não sei ao certo como transcorreram os meses seguintes, e inclusive tenho enorme dificuldade para lembrar. Só lembro que minha vida passou a se assemelhar a um domingo de inverno: tudo era feio, cinza, lento, estreito, obscuro, engessado. Com exceção de alguns raros desejos físicos que era preciso saciar de imediato, até meu corpo se recusava a obedecer, a ir rápido, a ser maleável. O soldado que havia em mim, o centurião que normalmente gargalhava e dormia com um olho aberto não tinha fome nem sede, fugia das batalhas e fazia birra toda vez que precisava ficar em estado de atenção. Ele precisava baixar as armas, ganhar dinheiro, dormir, esquecer, pegar no sono diante da TV. Para que se agitar se, de todo modo, o imperador estava morto?

Minha alegria de viver tinha desmoronado como uma ponte velha num dia de enchente, e constatar o estrago era a única coisa que eu podia fazer enquanto esperava pelos consertos que sabia que demorariam meses. Para quem existir e agir de agora em diante? Para onde seguir, a quem se dirigir e que direção tomar a partir do nada? Isso dava tontura. Felizmente, para me acompanhar nessa queda, eu tinha os três principais conselhos importantes dele:

1. Sabe, o tempo passa.
2. A vida é como a corda de um instrumento: se não estiver esticada o suficiente, soa falso, se esticada demais, arrebenta.
3. Tudo se conecta, tudo tem uma consequência, e se você não toma cuidado, em dois minutos estará fodido.

Mas se o primeiro era conveniente, os outros dois não me ajudavam em muita coisa. E o tempo, no fim das contas, não passava tanto assim. Eu me arrastava, sobre um chão vacilante, da cama até o metrô, do metrô até o escritório e do escritório até o sofá, tentando fazer uma cara de forte, vestindo roupas limpas e passadas, mas, na realidade, eu estava nua e morrendo de solidão. Eu me sentia sozinha como se estivesse na plataforma de uma estação do RER esperando, sob o vento glacial das correspondências, um trem que não chegaria.

Todavia, eu não estava sozinha: havia minha namorada, tão alegre, e o círculo reconfortante dos meus amigos pessoais, mas alguns pareciam esquecer que a gente não se recupera desse tipo de coisa tão facilmente como de uma gripe. Eu não recriminava: eles queriam que eu me sentisse melhor, só que eu não conseguia ir mais rápido.

O outro lado dessa astenia era a impaciência e a raiva que se apoderavam de mim sem aviso. A pressão para ser feliz, estampada por toda parte, era particularmente irritante. No supermercado, no café, na farmácia, na rua, eu tinha vontade de jogar na cara das pessoas suas pausas de gulodices, suas pizzas *deliziosas*, seus intervalos relaxantes de mentira, suas seleções gourmet, seus momentos de ternura, suas embalagens fofinhas, seus cremes maravilhosos, seu papel higiênico máximo conforto, seus cafés-vou-ter-um-orgasmo, seus sorvetes-me-lambe, seus iogurtes mágicos e seus oceanos de frescor.

Não, a vida não era nem uma pausa de gulodice nem um intervalo de relaxamento nem um oceano de frescor, e eu ficava louca com o fato de todo mundo fazer de conta que nada estava acontecendo. A morte rondava, o mundo se afundava, mas era preciso escolher entre "delícia de kani" e "salmão sensação", achar extraordinárias umas saladas nojentas, interessantes, coisas que não faziam sentido, viver no superlativo e concordar com a mentira geral. "Cala a boca, seu palhaço, você tá afundando no vazio" eu cheguei a falar pra um tal de Patrick de cabelinho arrepiado, sapatos de bico fino e óculos de titânio, do tipo que faz cicloturismo aos domingos, angustiado porque eu não conseguia decidir o que encomendar em um restaurante japonês.

De modo geral, à parte a amizade, o amor e talvez a literatura, todas as tentativas de camuflar o vazio e a violência sobre os quais tudo repousava me pareciam obscenas, peremptórias. Visitando uma amiga taciturna e poeta num gracioso dia de março, perto de Limoges — mas que ideia ir a Limoges em março —, tive uma crise de ansiedade feroz perto da feira de rua ao descobrir, virando uma esquina, numa cidadezinha morna onde só circulam pessoas velhas e senhoras de blusa de lã e cabelos curtos arroxeados, uma velha casa rebocada de um cinza sujo que dava para um cruzamento, daquelas que encontramos na beira das rodovias e na frente das quais passam caminhões pesando quinze toneladas.

Aparentemente, ela era habitada por uma pessoa otimista que quis trocar sua janela de madeira escura por uma elegante vidraça dupla de pinázios brancos decorada com uma cortina vazada com estampa de cavalos saltitantes. Mas o pedreiro havia feito um serviço porco, espalhando o cimento fresco todo torto e o deixando escorrer para fora da ombreira e em cima do gesso velho. O resultado era de chorar. Um desastre absoluto, uma alegoria da desolação: o feio substituindo o feio até o infinito, sem esperança possível, por causa das más decisões de um inútil impertinente.

O otimista, decerto decepcionado, mas provavelmente sem grana nenhuma para exigir uma nova obra, parecia ter incorporado o bom samaritano e colocou, no triste peitoril, uma graciosa jardineira cheia de valentes amores-perfeitos que tiritavam ao vento invernal. Todos esses esforços para fazer com que as coisas parecessem alegres, toda essa movimentação para disfarçar o abismo me metiam uma angústia dos infernos. E lá estava eu, naquele cruzamento perto de Limoges, num 15 de março, me perguntando como ia fazer para disfarçar a minha.

O restante do tempo, eu perdia a paciência com os indolentes, os comedidos, os educados e os ingênuos. Em meio aos "debates" sobre o direito de casamento para todas as pessoas, numa reunião de crise dos grupos LGBT, xinguei de forma grosseira duas militantes recentemente assumidas, umas mimadas de escola particular, cabelos sedosos e casacos de alta-costura que tinham acabado de descobrir que faziam parte de uma minoria e que, enquanto havia semanas a gente vinha carregando baldes de merda de psiquiatras, padres e reaças de todo tipo, incluindo socialistas, pregavam a importância do diálogo, achavam eficiente distribuir folhetos contra a homofobia e útil explicar para nós, pobres precarizados donos de um certificado de formação qualquer, como nos organizarmos politicamente. Folhetos?, guinchei antes de derrubar um banquinho com violência. Tá na hora da gente pegar umas barras de ferro e vocês querem fazer folhetos? As pessoas nos tratam como se fôssemos monstros, doentes, pedófilos e vocês querem fazer folhetos? Mas em que mundo vocês vivem?, engasguei antes de ser arrastada por Emilio até o bar mais próximo. Depois de alguns drinques, chorei feito uma bêbada e voltei pra casa para dormir. No dia seguinte, recebi vários pitos por SMS, mas eu estava pouco me fodendo: talvez eu tenha errado o lugar, mas, de certo modo, responder àquelas imbecilidades de vencedoras que descobrem o país da Injustiça como turistas foi uma maneira modesta de honrar a memória dele de perdedor.

No fim, o que me parecia mais difícil era não ouvi-lo mais, não ter mais notícias dele; no começo eu olhava meu celular repetidamente para ver se ele tinha me ligado, mas não tinha. Uma vez cheguei a discar o número dele para checar, mas tudo o que consegui foi cair com a voz triste da moça do teleatendimento dizendo que o número estava fora de serviço. Era meio insano fazer isso, mas ele mesmo não era imune a essas histórias de mundos paralelos. Ele me falou: Tenho certeza de que não estamos sozinhos e que existem coisas que não conseguimos ver.

De todo modo, pensar que ele estava morto e pronto, vrá, basta fechar a cortina, não funcionava para mim, não combinava com o resto, aliás, não combinava com nada. E bizarramente, quanto mais as semanas passavam, menos real isso parecia. Então, sem contar para ninguém, passei todos os meus horários de almoço na Fnac da Gare de l'Est, onde vasculhei toda a prateleira Espiritualidades. Era interessante, era tranquilo. As pessoas entravam e saíam, folheavam páginas, ocupadas com a viagem que tinham pela frente, e nem notavam a garota taciturna de olheiras grandes que assombrava o corredor. Encontrei nesses livros, e principalmente nas narrativas dos médiuns, uma forma de contar a mim mesma a continuação da história. Uma história meio ridícula à base de almas que entraram na luz, descansaram um pouco, tipo seis a oito meses e tal, e depois continuaram a existir num mundo diferente onde evoluíam melhor, faziam exclusivamente o que gostavam e começavam a vibrar numa frequência diferente.

Um conto à base de anjos que te acariciam o rosto, guias e defuntos que não te deixam cair e continuam falando com você, desde que você saiba ver os sinais. E pouco a pouco, contemplando as coisas da forma como ele me ensinou, comecei a ver uma certa quantidade deles. Nada de coisas falsas, hein, as boas e velhas coincidências perturbadoras, como nos livros: eu pensava no Fulano que poderia me ajudar a sair do meu buraco profissional e, mesmo sem vê-lo havia séculos, pá, Fulano aparecia dobrando a esquina. Eu procurava um apartamento e zup, o dono era primo da irmã de Cicrana com quem estudei na escola. No trabalho, quando eu negociei minha demissão, bam, o contador se atrapalhou nos cálculos e deixou uma boa margem para eu me sustentar por um tempo. No osteopata, o rádio no volume superbaixo enlouqueceu quando o médico estava prestes a desparafusar meu crânio. Na lavanderia, uma mulher totalmente normal entrou e se aproximou de mim para dizer: Seja corajosa, minha filha, você vai ficar bem, mas pare de fumar senão isso vai te matar. Aos poucos, a incredulidade se transformou numa forma de diversão e de gratidão e eu ria com malícia a cada nova ocorrência: eu era guiada, protegida, tinha opções, era consolada. Eu estava melhor.

E então, num dia de chuva especialmente triste, numa faixa de pedestres na frente da Gare de l'Est, no burburinho infernal dos ônibus e dos carros, surgiu do nada, no momento em que eu ia atravessar a rua, um Renault 19 cinza anormalmente lento e com o para-choque quebrado. Apesar da baixa velocidade, ele freou bem a tempo de me deixar atravessar. Sob as trombas d'água, atrás do para-brisa ligado na velocidade máxima, um homem já com certa idade fez sinal para que eu passasse levantando a mão de um jeito bem engraçado. Debaixo do meu guarda-chuva, respondi mecanicamente com um pequeno gesto, pensando quem é esse lunático, e depois atravessei depressa porque chovia cada vez mais forte.

Mas quando cheguei na outra calçada, me virei porque aquela maneira de balançar a mão era bem estranha, e também aquele para-choque... Procurei o carro com os olhos. Ele tinha virado à direita e esperava num outro farol bem perto. Estiquei o pescoço para ver melhor e, no momento em que meu olhar finalmente o encontrou, o homem se virou, e tive a impressão de que sorriu para mim. Eu não conseguia ver muita coisa por causa da chuva, mas sorri também. Ele refez o mesmo gesto com a mão e novamente respondi. E depois o semáforo ficou verde e alguém buzinou, então ele seguiu caminho. Foi só quando ele virou novamente para a direita que percebi a manga marrom do casaco, o chapéu em cima do painel e o cachorrinho preto e branco sentado no banco do passageiro, olhando para fora pelo vidro embaçado.

Ainda arrastei minhas nuvens negras atrás de mim por um tempo, mas o tamanho delas diminuía e os raios de luz aumentavam de quantidade. Deixei meu emprego com uma sensação de alívio e, para me manter ocupada até poder fazer outra coisa, comecei a tocar numa balada que estava indo bem. Chegamos a fazer uma miniturnê pela província à base de trens Intercités, de garrafas térmicas de chá e de albergues da juventude com chão de linóleo verde-musgo que, contra todas as expectativas, achei calorosos e aconchegantes. Fazer as pessoas dançarem tocando música alta era um antídoto potente contra os refluxos ácidos do desespero. Nada de cadáver, apenas corpos entregues à vida, dançando para enganar a morte. Aliás, o sim tinha finalmente ganhado na Assembleia, o que deu origem a algumas festas memoráveis da nossa categoria e a um sentimento inédito de unidade. Em Carrières, Félicie e eu pintamos todos os cômodos da casa de cinza e branco de tal modo que, fechando os olhos para a paisagem externa, a rodovia e a praça da prefeitura, quase parecia uma casa à beira-mar. Fizemos festinhas, churrascos, jantares, plantamos flores e até compramos floreiras. O tempo corria, eu esquecia, ria, e então o verão finalmente chegou. Eu ainda olhava para as camisas floridas e as tentativas de embelezamento geral com um certo desprezo, mas no geral era tolerável. Depois tiramos belas férias na Espanha, nos distraindo aqui e ali, indo de um golfo límpido a outro em quartos de hotel vintage. Quando enjoávamos, voltávamos para a estrada. Em meados de agosto, subindo da Catalunha para Narbona, zombamos das placas indicando a direção das cidades de Ultramort e Amer e chegamos a dar meia-volta para tirar foto com elas, porque já era tempo de voltar a se divertir.

Mais adiante na estrada, paramos para abastecer numa porcaria de posto de uma zona industrial, e enquanto Félicie colocava o combustível, comecei a passar mal. Eu não sabia exatamente o porquê, talvez fosse a ideia de voltar para casa. De repente o calor me pareceu insuportável, assim como a feiura do lugar. Bem atrás do posto havia uma série de prédios de zinco abandonados, rodeados por uma grade enferrujada desprezível onde sacos plásticos coloridos e papéis engordurados estavam colados pelo vento. Virei a cabeça, mas o cenário sobre a calçada da frente não era muito melhor: dois caminhões de carga pesos-pesados tipo os do filme *Encurralado*, cujas cortinas das cabines estavam abertas. E para nos tirar desse triste inferno, nada além de uma estradinha deteriorada e poeirenta. Respirei bem fundo e lentamente para controlar a ansiedade crescente. Félicie entrou no carro e estacionou um pouco mais longe, xingando. Seu cartão de débito estava no bolso do shorts, que estava na sacola de praia, que estava no porta-malas, e o imbecil num 4x4 atrás de nós estava ficando impaciente. Ela deixou o carro ligado enquanto voltava para pagar e eu aumentei o volume do rádio para tentar pensar em outra coisa. Na região, não pegava nada além de RMC, RTL, folclore espanhol e uma estação que só passava trechos bem curtos das músicas e propagandas ultrairritantes criadas pra dar aos veranistas uma vontade irresistível de relaxar — legal demais as férias, legal demais o camping e o chinelo, legal demais o quilo do espetinho por 13,80 —, mas ali entre dois jingles, tocou uma música romântica de introdução hispânica. Apurei os ouvidos. Quando a voz começou, reconheci imediatamente a Céline Dion.

Céline... Nunca fui muito fã, mas já era melhor do que as litanias autotunadas que tocam em tudo que é lugar e aquela mulher era maluca o suficiente para ser interessante. Então pensei: Vamos lá, Céline, me conte tudo.

Primeiro me deixei levar pelo jogo de rimas, tentando adivinhar qual seria a próxima palavra terminada em *an* ou *ourse*: *Je voudrais oublier le temps/ Pour un soupir pour un instant/ Une parenthèse après la course/ Et partir où mon cœur me pousse*.[1] Para além da monotonia abissal do poema e do refrão ridículo, eu estava achando tudo muito verdadeiro. Ela continuou: *Je voudrais retrouver mes traces/ Où est ma vie où est ma place/ Et garder l'or de mon passé/ Au chaud dans mon jardin secret*.[2] Era louco como essa citação ruim me tocava e até comecei a ficar de fato comovida. Deixei que ela perdesse a cabeça: *Je voudrais passer l'océan, croiser le vol d'un goéland/ Penser à tout ce que j'ai vu ou bien aller vers l'inconnu/ Je voudrais décrocher la lune, je voudrais même sauver la terre*.[3] Bom, tá legal, também não é pra se empolgar tanto, não precisa exagerar...

E daí, sem avisar, o refrão pulou na minha cara como um animal enfurecido: *Mais avant tout, je voudrais parler à mon père*. Mas acima de tudo, eu queria

---

1   Em tradução livre: "Eu queria esquecer o tempo/ Por um suspiro por um momento/ Um parêntese depois da corrida/ E partir onde meu coração me convida".

2   Em tradução livre: "Eu queria reencontrar meus rastros/ Onde está minha vida onde está meu espaço/ E guardar o ouro do meu passado/ No calor do meu jardim secreto".

3   Em tradução livre: "Eu queria atravessar o mar, cruzar o voo de um alcatraz/ Pensar em tudo o que foi visto ou ir ao encontro do desconhecido/ Eu queria agarrar a lua, salvar a terra que se esvai".

falar com meu pai. No meu coração, isso foi uma espécie de deflagração e comecei a soluçar sem parar. Félicie voltou para o carro logo depois, assustada, se perguntando o que teria acontecido entre o momento em que ela foi pagar a conta e o momento em que voltou. Como eu não conseguia responder, ela ligou o carro com todas as janelas abertas ao vento da noite e só quando ouviu o resto da música conseguiu entender. Minhas últimas lágrimas saíram nesse dia. Eu finalmente aceitei. Se alguém um dia me dissesse que a Céline Dion me ajudaria a ultrapassar essa barreira, eu não teria acreditado. Catarse com uma música pop: *check*.

120

No fim de setembro, acabei indo visitar meu irmão e sua família na casa deles em Perche, uma chácara úmida, um pouco adormecida, no fim de uma estrada rodeada por uma floresta. Eu estava com saudade dele, preocupada e, para ser sincera, queria sobretudo que a gente parasse de brigar. Apesar de tudo, estava com medo dessa visita: nossa última despedida tinha sido tensa e, torturado e triste como ele estava se sentindo esses últimos tempos, eu temia que para ele as nuvens ainda não tivessem se dissipado totalmente e que nossas conversas fossem difíceis. Tive algumas poucas notícias deles pela minha tia, que telefonava com regularidade: estava tudo bem, não tão bem, melhor, nada mal, até que bem. Clémence tinha conseguido trabalhar só quatro dias por semana na reserva ecoturística onde os dois eram guias, Tim ia começar no segundo ano do fundamental, as férias tinham sido boas, eles tinham ido passear em Creuse, depois no Marne, depois em Cotentin e, na volta, encontraram um filhote de pega que tinha caído do ninho bem na frente da porta do escritório. É claro que eles o acolheram, cuidaram dele, o alimentaram e ficaram com ele desde então. Eu sorri no telefone ao saber da novidade porque era realmente uma coincidência muito divertida. Jean-François sempre foi um especialista em pássaros. Conhecia todas as espécies, suas cores, seus hábitos, seus hábitats prediletos, seus cantos, e eu já o presenciei atraindo para os galhos a poucos metros de nós bútios, cucos e corujas-das-torres. Na adolescência, além do corvo que ele salvou dos tiros de um caçador, também teve duas pegas-azuis da China. Eu era muito novinha e não me lembro do nome delas, mas ele construiu um grande aviário sob as tílias do pátio. Porém, na maior parte do tempo elas ficavam em casa com a gente, empoleiradas aqui e ali, e, numa das fotos que encontrei, dava para ver uma delas bicando um ovo em cima da mesa da cozinha.

Minha tia e eu chegamos na hora do almoço. Tim correu para nos cumprimentar, seguido por Clémence e depois Jean-François, que nos recebeu com um sorriso largo. Enquanto nos cumprimentávamos, a jovem pega curiosa saiu pela porta aberta da casa e veio pousar na cabeça dele, voando meio desajeitada. Isso fez a gente rir e logo dissipou qualquer desconforto.

Mal tiramos os casacos e já foi minha vez. Com uma batida de asas inábil, e um senso de distância ainda claramente incerto, ela pousou no meu ombro e começou a bicar bem fraquinho o lóbulo da minha orelha, achando que talvez fosse alguma fruta. O toque do bico do pássaro era um pouco estranho, mas deixei ela continuar, tentando ficar séria. Como ela começou a bicar mais forte e fiz umas caretas, Jean-François a pegou e colocou em cima do armário para almoçarmos, pedindo para ela se comportar. Ela o olhou com certa insolência e assim que nos sentamos a diversão continuou. Pousou na cabeça de Clémence enquanto o prato de cenoura ralada ia sendo passado entre nós, depois foi parar no encosto de uma cadeira perto do pão e em seguida no ombro de Tim, onde fingiu se acalmar antes de começar a puxar a gola da camisa polo dele. Ele lhe deu um pedacinho de presunto e ela voltou para o armário com a recompensa. Ela era tão divertida... Como ela não desistia da empreitada, Jean-François a colocou na gaiola e fechou a portinha para que conseguíssemos almoçar tranquilamente. Ela protestou tagarelando e depois amuou-se, antes de adormecer. Durante a refeição inteira observamos o pássaro, falamos do pássaro, do seu resgate, da sua audácia, das suas belas cores. A alegria tinha voltado ao rosto de todo mundo e isso era tão inesperado que fiquei emocionada. À tarde passeamos, fizemos compras, depois jogamos futebol com Tim enquanto Jean-François trabalhou um pouco em seu ateliê. A pega, colocada de novo em liberdade, o seguia por toda parte dando pulinhos ou vinha nos visitar para tentar desamarrar nossos cadarços, que ela claramente achava que eram minhocas. Era impressionante ver como ela estava familiarizada.

À noite, como de costume, meu irmão pegou o violão e, sentados em círculo na cama que eles usavam como sofá, começamos a cantar juntos. A pega, que remexia um papel em algum lugar na cozinha, apareceu e se instalou no braço do violão dando um gritinho. Nós rimos porque assim ficava difícil executar os acordes, que Jean-François retomava afastando-a com cuidado. Enfim ela pousou sobre o meu joelho e, embalada pelas nossas vozes, adormeceu. Então começamos a cochichar para não acordá-la. Era tudo tão doce e estávamos tão bem... Ninguém disse, mas naquele instante ficou claro para todo mundo que o pássaro não tinha vindo por acaso.

Na tarde do dia seguinte fomos caminhar pelos arredores, num caminho rodeado de relva alta. Uma tempestade estava se formando e agitava com força a ramagem dos choupos que ladeavam o campo. Levamos a pega, que passava de ombro em ombro ou saltitava atrás de nós, o que nos obrigava a olhar constantemente para trás, pra saber onde ela estava. Num dado momento, enquanto a esperávamos, ela surgiu do nada num voo plano e pousou sucessivamente na cabeça de cada um de nós, e por fim na de Jean-François por um longo momento antes de voar para uma árvore, depois outra, de onde ficou nos olhando. A tempestade acabou chegando. Sob as rajadas, o campo parecia ter enlouquecido e se assemelhava um pouco ao fim do mundo. Estávamos começando a ficar encharcados e precisávamos voltar, mas a pega não parecia convencida. No turbilhão de verde e de vento, Jean-François se aproximou dela e a chamou uma ou duas vezes. Então ela deu um último grito e desapareceu para sempre na chuva.

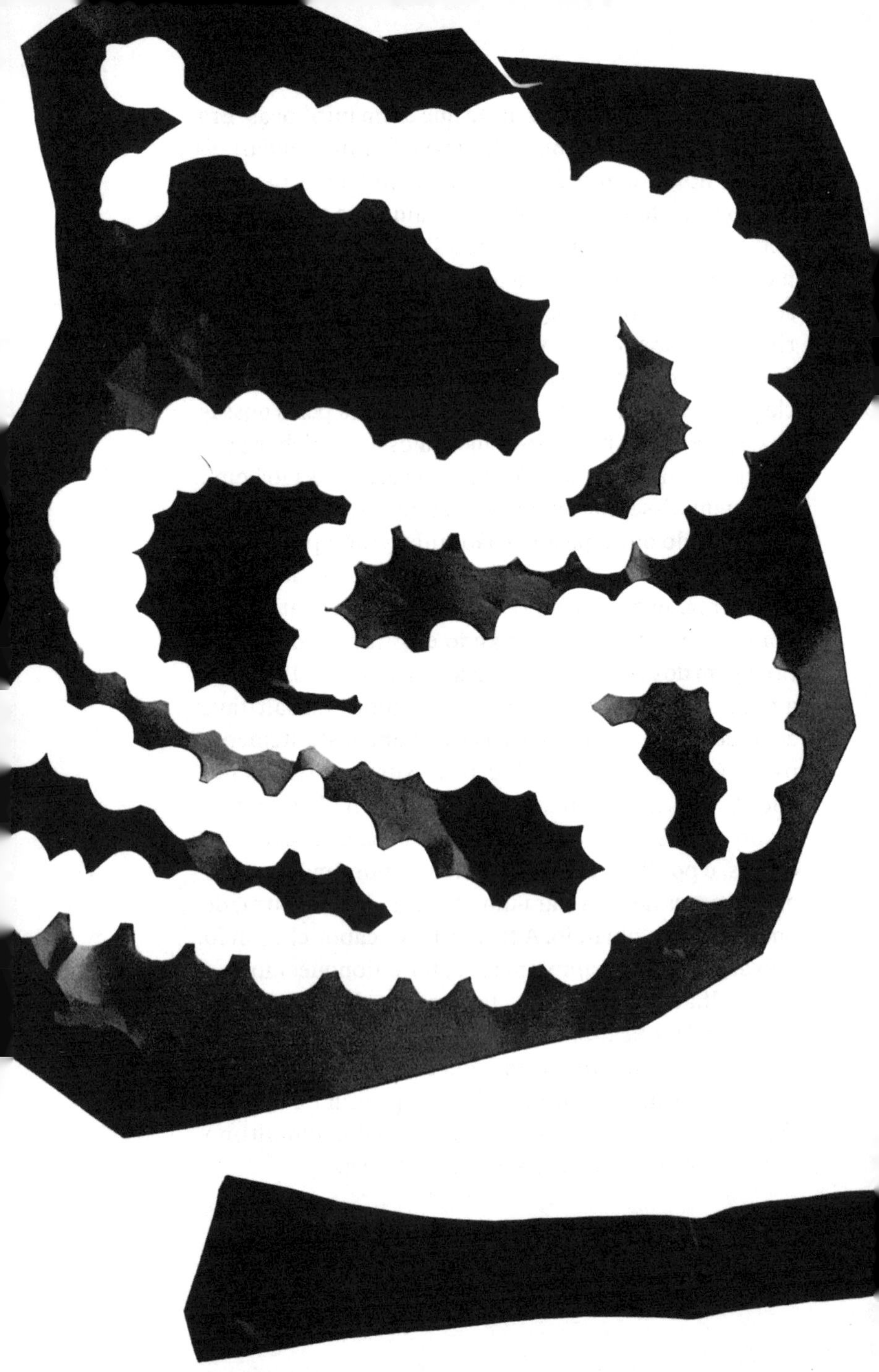

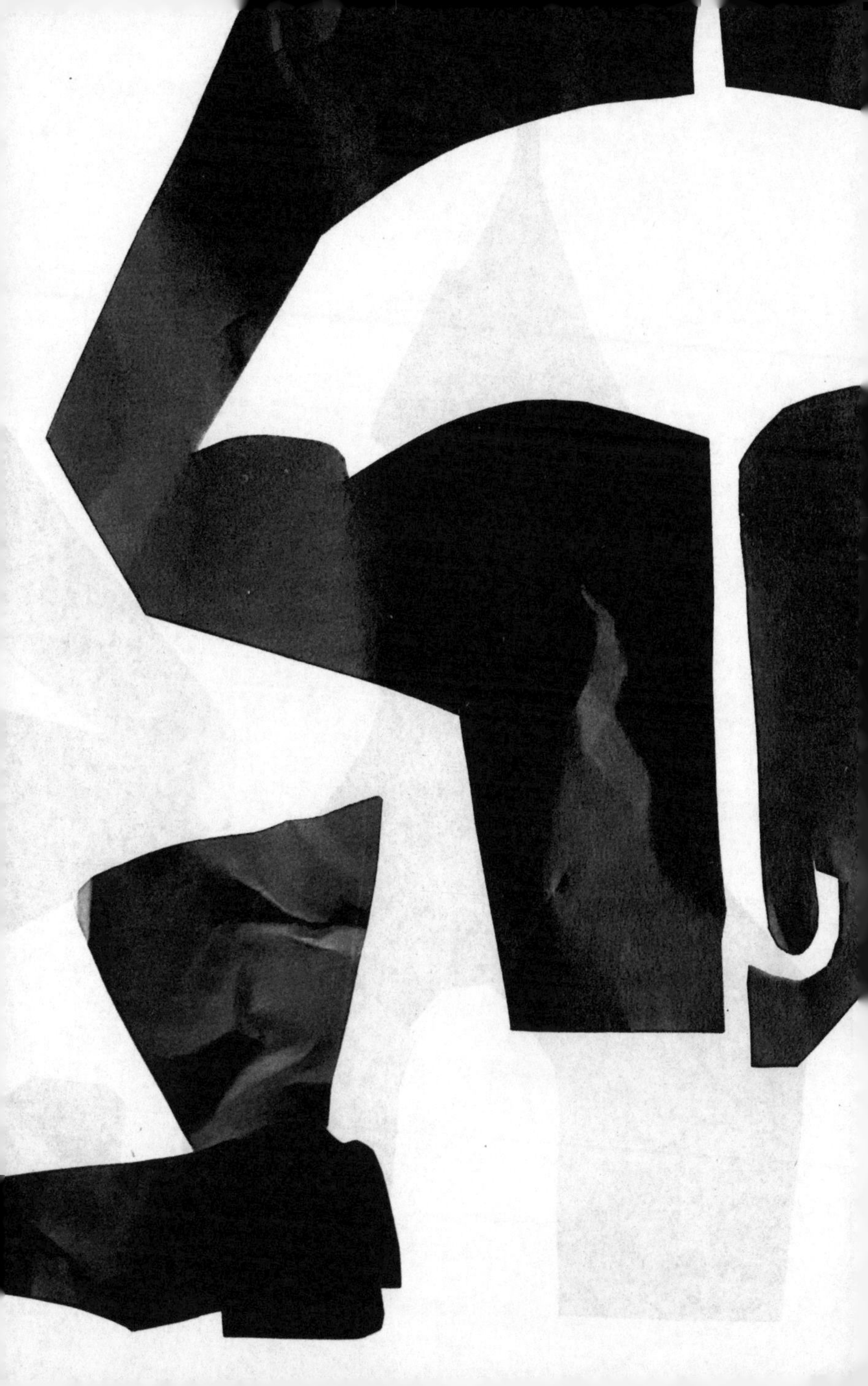

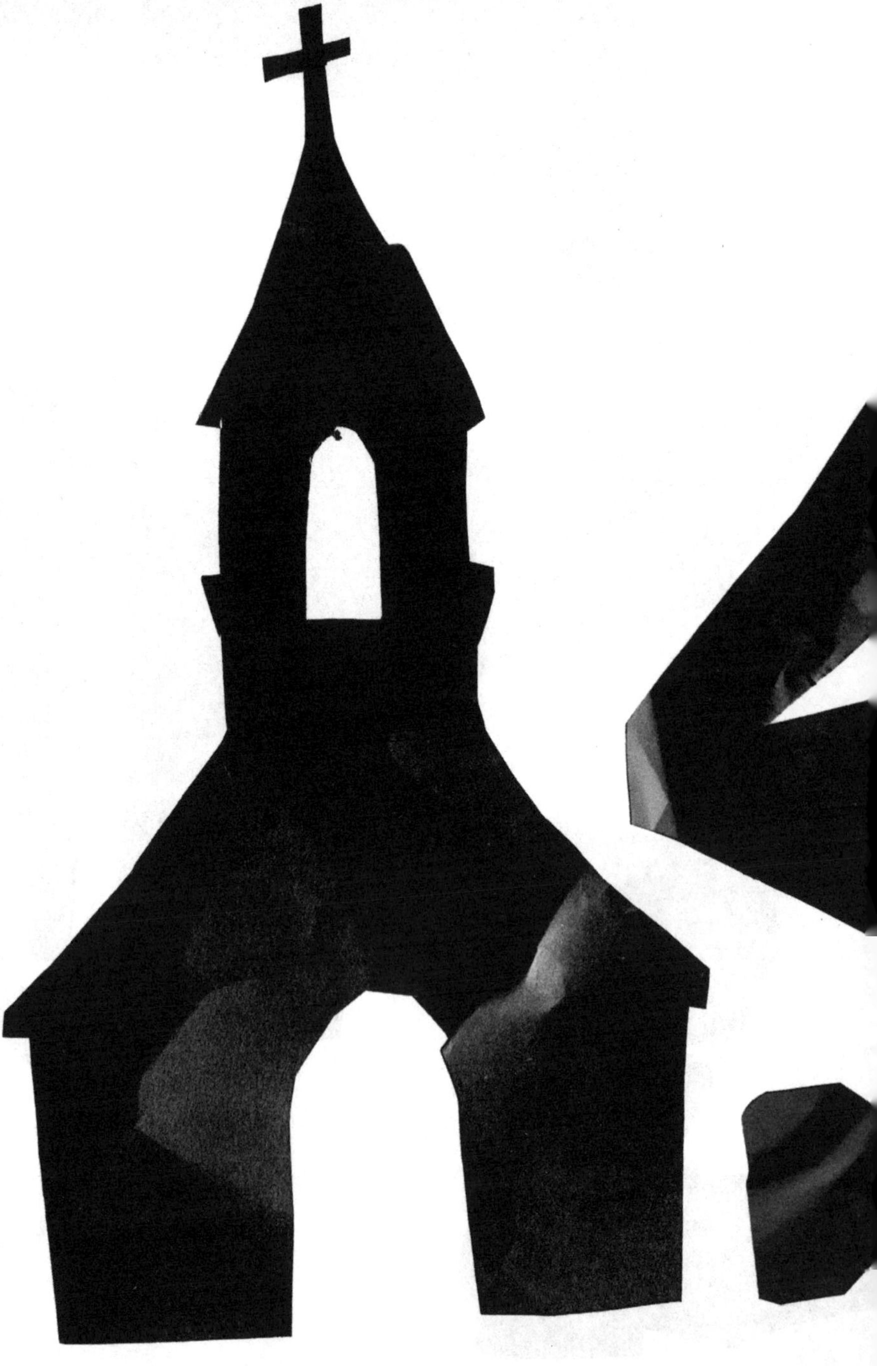

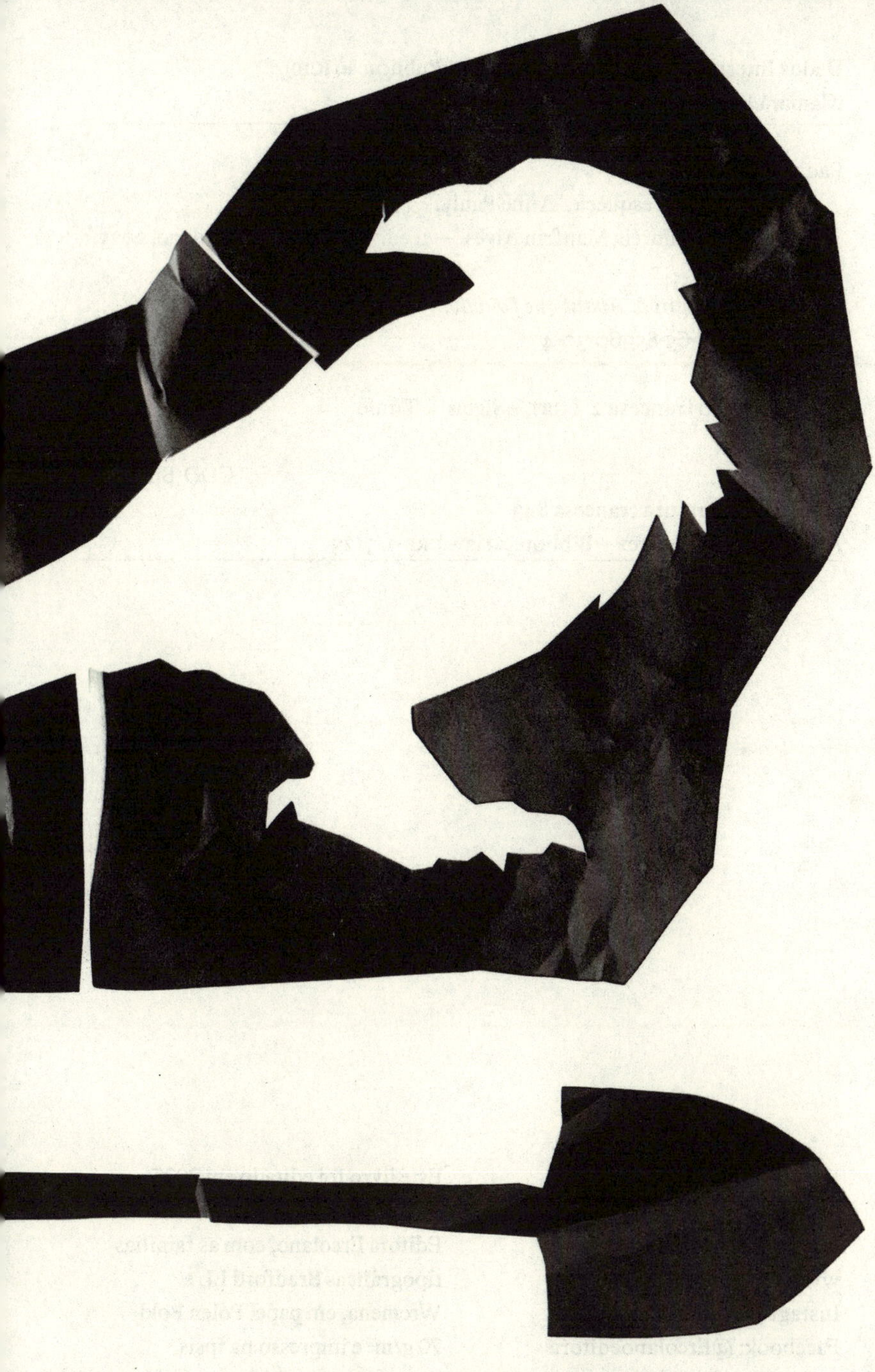

Dados Internacionais de Catalogação na Publicação (CIP)
(Câmara Brasileira do Livro, SP, Brasil)

Pauly, Anne
    Antes que eu esqueça / Anne Pauly;
    tradução Andréia Manfrin Alves. — 1. ed. — São Paulo: Ercolano, 2025.

    Título original: *Avant que j'oublie.*
    ISBN 978-65-85960-30-4

    1. Ficção francesa 2. LGBT – Siglas I. Título

25-266602   CDD-B869.108
1. Ficção: Literatura francesa 843
Aline Graziele Benitez – Bibliotecária – CRB-1/3129

ERCOLANO

Editora Ercolano Ltda.
www.ercolano.com.br
Instagram: @ercolanoeditora
Facebook: @Ercolanoeditora

Este livro foi editado em 2025
na cidade de São Paulo pela
Editora Ercolano, com as famílias
tipográficas Bradford LL e
Wremena, em papel Pólen Bold
70 g/m² e impresso na Ipsis.